Toi que j'attends…

Cristiana Scandariato

Toi que J'attends

Romance contemporaine

Édition : BoD – Books on Demand,
12/14 rond-point des Champs-Élysées, 75008 Paris
Impression : BoD - Books on Demand, Norderstedt, Allemagne

Illustration :
Modèle : Clarisse Comparetti
Photographe : Natacha Vronsky
Larmes provenant de Pixabay Allergy 1299884 OpenClipart-Vectors 27399
ISBN : 978-2-3222-5097-4
Dépôt légal : Juin 2021

« Un rêve trop ancien finit par rouiller. Et il n'y a pas plus toxique qu'un rêve rouillé. C'est du poison pour le cœur ».

Pour quelques milliards et une roupie de Vikas Swaruo

J'ai vingt quatre ans. Je suis jolie avec mes grands yeux noirs, mes cheveux de la même couleur, bouclés et épais. Même si je passe la plupart du temps à les lisser. Mes origines sont un délicieux mélange. Ma grand-mère est Zaïroise-portugaise. Ma mère congolaise-suisse. Mon père Corse-Italien.

Je suis née à Nice. Je m'appelle Romy.

PROLOGUE

C'était pourtant une soirée comme une autre.

J'avais invité mes amis dans mon appartement pour fêter l'anniversaire d'un copain. Depuis que j'avais postulé pour un poste de secrétaire, j'avais réussi à trouver un peu de gratitude envers ce boulot qui venait de m'apporter de nouvelles connaissances. Un groupe d'amis qui, mois après mois, s'est élargi. Ils sont devenus mon roc, ma deuxième famille. Je les aime d'autant plus qu'ils me connaissent par cœur. Nous avons construit, ensemble, un lien puissant, chacun d'entre nous s'intégrant parfaitement dans la bande comme une évidence. Un an après, nous étions tous en train de passer un moment agréable à rire et à se chamailler. Comme d'habitude. Tout semblait à première vue se dérouler comme toutes les autres soirées que nous avions passées ensemble : dans la joie et la bonne humeur. Un seul manquait encore à l'appel pour que le groupe que nous avions formé soit vraiment complet. Je ne le connaissais pas, je ne l'avais encore jamais rencontré. Mais j'avais déjà entendu parler de lui. Son prénom m'échappait encore. Je n'avais retenu que le surnom que mes amis lui attribuaient : *Sauvage de Dior*. C'était son parfum. Je me souviens encore de ce moment où j'étais insouciante, heureuse, pleine de vie et d'assurance dans un avenir sympa. Pas de prise de tête. Je vivais le moment présent avec légèreté, satisfaite de mon sort. Je me sentais bien auprès de Julien mon petit ami. Et comblée par mes amis. Mon travail s'annonçait bien aussi. Je crois que si je devais trouver un adjectif pour résumer mon existence à ce moment là je dirais : tranquille.

A vingt deux heures, on frappe à la porte.

Avec beaucoup de désinvolture je me lève pour aller ouvrir.

Cet instant, je ne l'oublierai jamais.

Gravé dans ma mémoire, immuable dans son aspect surprenant et intense.

Une fois la porte ouverte, je reçois en pleine face l'odeur de *son* parfum. Et je croise son regard. Je ressens soudainement les tremblements d'une merveilleuse douleur venir s'incruster dans chaque terminaison nerveuse de mon corps qui se cambre sous l'effet de la surprise. Et du choc. Je me sens attirée. Je suis hypnotisée quand je vois ses lèvres étirer un large sourire et ses yeux pétiller de malice. Je comprends alors que mon destin se joue à cet instant précis. Une nouvelle réalité vient de se créer sous mes yeux : *il* est là, *il* existe. Il fait partie du monde dans lequel je suis aussi. Il vient de remettre en cause toute mon existence. Les attaches du passé, ma vie avec Julien, tous mes anciens petits amis... plus rien n'existe. Même le simple fait d'être bien avec Julien dans notre vie de couple ne peut plus me combler. La vision de cet homme vient de tout balayer. L'expérience est déroutante. Pourquoi ? Pourquoi lui ? Comment peut-on éprouver de l'attachement pour un inconnu ? Je me croyais heureuse ? Je prends conscience de la banalité de toutes mes relations amoureuses. Devant ce regard puissant et insistant, ce sourire carnassier, charmeur et envoûtant, c'est comme si ma vie commençait réellement. J'ai la force de lui dire :
– Alors, c'est toi Sauvage de Dior ?

Il me sourit encore plus largement. Je suis sûre qu'il a remarqué mon adoration et qu'il a bien saisi les trémolos dans ma voix. Son regard me transperce, incisif. Séduisant. Aguicheur.

Après tout, ce n'est pas une soirée comme une autre.

C'est juste le début d'une nouvelle vie.

Un appel à l'aventure.

Un appel à toutes les audaces.

1

Je me réveille, un peu dans les vaps. La nuit a été un peu courte et un peu arrosée aussi. Normal que ma tête me lance des signaux de détresse pour m'obliger à me rallonger dans mon lit douillet, fermer les yeux et me laisser repartir dans un sommeil réparateur. Pourtant, dans un coin de ma tête, une autre litanie se fait entendre: *Réveille-toi et prépare un bon café!* Il est difficile de faire un choix. Alors j'ouvre les yeux de nouveau et je regarde de l'autre côté du lit. Julien dort encore. Je me retourne subitement fâchée à l'idée de voir qu'il ronfle apaisé et que je vais de nouveau jouer à la femme au foyer hyper détendue pour un petit déjeuner dominical. Je ne sais pas ce qui est arrivé à notre couple. Après un an et demi de relation, nous vivons plus comme des colocataires que comme un couple *normal*. Car il me semble tout de même qu'un an et demi ça fait court pour éteindre la flamme. Est-ce qu'il n'a plus le temps ou plus envie de s'occuper un peu de moi ? Il travaille beaucoup. Cependant, cette excuse est complètement bidon. M'accorder quelques moments d'attention ne devrait pas être au dessus de ses forces. Il y a quelques semaines encore, je faisais quelques pas vers lui. Mais à chaque fois, j'ai eu l'impression désagréable que mes efforts ne servaient à rien. La journée, je ne le vois plus. Et nos nuits sont devenues monotones. Je ne demande pas de vivre une passion effrénée *tout le temps* : lui, m'arrachant mes vêtements dans un cri sauvage, avec dans les yeux les flammes d'une passion dévorante, électrisé par mes charmes, laissant son corps brûlant d'un désir inassouvi me sauter dessus avec frénésie... *tous les jours de notre vie*. Mais, de temps en temps, cela me paraît raisonnable. J'ai vingt quatre ans, j'ai le droit de rêver d'amour. Surtout qu'au début tout était parfait. Notre relation était si forte qu'il m'a présentée à tous les membres de sa famille. Sa mère est devenue ma seconde maman. Son père, ses cousins, cousines me considèrent comme faisant partie intégrante de leur vie maintenant. Je suis la belle sœur, la bru, la *femme* de Julien. Je suis triste en repensant à tous nos bons souvenirs, tous ces moments de bonheur que nous avons vécus ensemble. Complices, émouvants, drôles aussi. Comment a-t-on pu perdre la communication ? Il n'a pas l'air de comprendre que quelque chose ne va plus. Nos liens ne sont plus basés sur cet amour que je croyais inébranlable pour nous deux tant le début a été fort, mais sur une amitié qui au fil des semaines et des mois nous a transformés en simples compagnons de route. Le plus difficile à accepter ce n'est pas le manque de sexe. Le plus traumatisant c'est qu'il ne me désire plus. En tous les cas, plus comme avant. Au début, je voyais dans son regard *l'étincelle*. Il est toujours bon de se sentir désirée. Maintenant, il ronfle à mes côtés sans se soucier de moi. Il n'a qu'un geste à faire : ouvrir ses yeux. Puis, poser sa main sur moi et me caresser. Il verrait alors que je suis tout à fait disponible. Je pourrais moi-même le réveiller en douceur. Mais je sens que je n'en ai pas envie car je me doute qu'il n'en a pas envie non plus. J'ai même peur qu'il me reproche de ne pas l'avoir laissé dormir en paix. J'ai beau m'être couchée nue hier soir à ses côtés, il n'a même pas levé un sourcil. Je réclame l'attention de mon copain. Et pourtant, je sais que si je lui en fais le reproche, nous allons finir par nous disputer. Et je déteste les conflits. Je n'ai parlé à personne de mon sentiment de frustration. Tout le monde pense que tout va bien entre nous. Quand on est avec sa famille, ou lui dans la mienne, on se comporte normalement. Rien ne ressort de notre vie bancale. Je ne vois vraiment pas comment me sortir de cette situation. Je me vois mal en parler à sa mère avec laquelle j'ai atteint pourtant un degré de complicité très intense. Mais lui avouer que je ne couche plus avec son fils depuis des semaines, lui demander de lui demander s'il m'aime encore me paraît indélicat et puéril. Faire comme si tout allait bien n'est pas non plus la meilleure solution. Je suis fatiguée de ressasser ma peine, alors je me lève et je me prépare un café tout en fixant Julien qui est toujours en train de ronfler. Pourtant la cafetière, sans faire un bruit assourdissant, dérange un peu le silence environnant. Il pourrait ouvrir un œil. Je le regarde dormir et peu à peu je me sens plus lasse qu'irritée. L'évidence est cruelle ; plus aucune passion entre nous deux. Plus de gestes tendres. Peut-être que tout est de ma faute finalement. Car je ne ressens aucune envie de désamorcer la bombe. Je crois que j'ai peur de sa réaction si je lui avoue ce que je ressens en le regardant dormir : une lassitude qui nous ferait passer pour un vieux couple en fin de vie. Il est distant. Je le suis aussi. Tout en sirotant le liquide brûlant et les yeux dans le vague, je me remémore la soirée de la veille.

Sauvage de Dior…

Un petit sursaut vient de balayer mes pensées un peu noires. L'attirance que j'ai ressentie pour cet homme a été soudaine et violente. Je secoue la tête et j'avale lentement ma première gorgée de café. Je crois cerner le problème : ce petit coup de foudre dérange ma tranquillité. Cependant, je pense sincèrement que la vue de cet homme charmant et physiquement attrayant m'a fait réaliser que c'est cette sorte d'attraction que je veux ressentir tous les jours de ma vie. Je veux redevenir la jeune femme amoureuse de son copain, celle que j'étais avant que notre relation se transforme en copinage papi-mamie, vivant le moment présent seulement bercés par les souvenirs. Je sais bien que je n'ai pas le droit de rêver d'un autre homme alors que le mien dort toujours d'un sommeil calme et profond. Je regarde de nouveau Julien et je m'énerve. Sa vue m'énerve. Je suis réveillée et lui n'a même pas senti qu'il était seul dans le lit. Évidemment, cela fait un certain temps que l'on ne s'endort plus entortillés dans nos corps pour se réveiller bercés par nos bras et nos jambes amoureusement entrelacés. Il y a quelques semaines de ça encore, pour me détacher de son emprise, j'aurais du fournir un effort de concentration digne du plus grand joueur de Mikado pour ne pas le réveiller. Aujourd'hui, c'est à peine s'il sait que je respire. Sous la couette, c'est le calme plat. Je suis toujours en train de fixer Julien les sourcils froncés lorsque soudain il se réveille. Je plisse un peu les yeux tout en avalant une autre gorgée de café et j'attends sa réaction.

— Ah du café ! C'est une bonne idée. Je suis complètement à la ramasse.

Sa voix nasillarde respire l'ennui. Je n'attendais pas qu'il saute du lit à ma vue tant mon corps chaud lui manque. Ni qu'il se rue vers moi dans une course haletante et vienne m'empoigner pour un baiser de folie. J'aimerais juste qu'il me montre tout simplement que j'existe pour lui. Je soupire, résignée. Je suis une incorrigible rêveuse si je pense que ma vie devrait ressembler aux comédies romantiques que je regarde toujours avec beaucoup d'émotion : une déclaration d'amour, un genou au sol, un regard enfiévré, un happy end dans lequel les sentiments tiennent toujours la première place.

— On n'a plus de sucre ?

Si. Il nous en reste. Il n'a qu'à ouvrir le placard. Je ne suis ni sa mère ni sa bonne pour lui préparer son plateau repas. Je me lève pourtant. Sans doute par habitude. Je vais lui apporter le paquet. Je me demande s'il va me solliciter pour que je lui ouvre le sac, récupère une sucrette, déchire le bout de papier et lui verse dans la tasse. Vide d'ailleurs. Il attend peut-être que je lui serve *aussi* le café. Je ne sais pas pourquoi ces petits détails m'irritent. Je ne me souviens pas d'une once de mécontentement toutes les fois où je lui ai préparé son petit déjeuner. Il me souriait alors. Ses yeux brillaient. C'est sans doute le vide intersidéral que je décrypte ce matin dans son regard qui me rend lasse et nerveuse à la fois. Je m'exécute avec un semblant de nonchalance. Je n'ai vraiment pas envie de me disputer. Pendant que nous buvons notre café, en silence, mon esprit se met à tourner à vive allure. Toutes ces questions qui affluent me donnent le tournis. J'arrive pourtant à ne rien laisser transparaître de mon malaise. Il faut dire que cela fait plusieurs semaines que je pratique un semblant de calme et de pondération devant nos familles respectives pour qu'elles ne se doutent de rien. Julien et moi sommes trop ancrés dans notre quotidien et nos vies routinières. Cela a cassé la magie. Je sais qu'il va aller se laver, s'habiller et sortir de l'appartement après m'avoir dit :

— J'ai du boulot. Je file au garage. Je vais essayer de ne pas rentrer trop tard. Et toi tu vas faire quoi ?

Je ne me suis pas trompée. C'est exactement ce qu'il me dit. Je vais sans doute lui répondre la même chose, cette éternelle réponse qui revient en boucle de plus en plus souvent:

— Je vais passer voir Maria.

L'une de mes meilleures amies. Si même elle n'arrive pas à décoder mon mal être, je crois que je n'ai pas besoin de cours de théâtre pour devenir une grande actrice.

***

Lorsque j'arrive chez Maria, Sylvie et Benoît sont là aussi. Comme d'habitude, j'essaie de faire bonne figure pour ne pas qu'ils se doutent de mon mal être car je n'ai pas envie de subir une psychanalyse amicale qui se retournerait contre mon couple. Le genre « Tu es encore toute seule aujourd'hui ? » pourrait m'entraîner dans une déprime totale. Leur répéter que Julien travaille beaucoup n'est pas une réponse qui pourrait satisfaire qui que ce soit. Après tout, ce n'est pas comme s'il m'abandonnait pour aller festoyer avec ses potes. Mon homme bosse. Même s'il me laisse seule, c'est pour la bonne cause. Je me suis répétée ce mantra tout le long du chemin et une fois arrivée chez mon amie, cette phrase me semble bien ancrée dans ma pensée racine. J'espère encore un rebondissement, un redémarrage de notre relation. Retrouver la magie et l'enchantement des premiers jours n'est peut-être pas impossible après tout. Je ne dois pas baisser les bras. Même si je n'arrive toujours pas à en parler pour tenter de sauver notre couple. Je ne veux plus traîner mon ennui. J'aimerais reprendre le cours normal de ma vie. Sans doute que je m'y prends très mal. Car si je dois attendre de mon homme qu'il se réveille de sa léthargie sans lui donner un coup de pouce, je risque d'attendre longtemps. Et le cercle vicieux infernal continuera de s'élargir jusqu'à casser. Je le sais. Alors je me demande pourquoi je ne fais rien.

— Romy ! s'exclame Sylvie en me prenant à part. Tu sais que Sauvage de Dior n'a pas arrêté de me parler de toi hier soir.

– Il n'a pas un prénom cet homme ? je lance un peu sur la défensive.

— On a l'habitude de l'appeler comme ça, elle répond en riant. Rayan. Il s'appelle Rayan. Je secoue la tête, mécontente devant les sensations diffuses que le souvenir de cet homme me procure à l'instant présent : du mystère et de l'enchantement. Je me refuse à penser à lui. Je me bats contre la vision de Rayan, ses grands yeux noirs, son corps musclé, sa bouche, son sourire, son rire. J'ai beau refuser de le croire mais je suis secouée, éblouie et bouleversée. Je dois me ressaisir. Je ne dois pas oublier que je suis fragile en ce moment. Je ne dois pas me laisser entraîner dans cette voie sans issue. Je connais la réputation de cet homme. Mes amis en parlaient souvent lors de nos soirées. Je ne l'avais jamais vu mais je connaissais déjà le personnage : volage, capricieux, ensorceleur. Un homme qui aime plaire aux femmes et qui multiplie les conquêtes. Un Don Juan qui a besoin de plaire à tout prix, entraînant dans son lit celles qui succombent à ses charmes puis qui les oublie et repart à la chasse sexuelle avec toutes les autres femmes disponibles. Hier soir, il a aussi joué avec moi. Mais sans déballer tout son attirail du grand séducteur recherchant sa proie. J'étais avec Julien tout de même ! C'est à moi que j'en veux parce que l'effet de Rayan sur moi, dès le premier regard, m'a fait aussi me sentir minable. Car étant en couple, je n'avais pas le droit de ressentir une telle attirance pour un autre. Je ne me sens toujours pas la force de laisser tomber la famille de Julien que j'aime profondément. Si nous nous séparons, ma blessure sera d'autant plus grande que je romprai avec toutes les personnes que j'aime. Mon leitmotiv est donc le suivant : sauver mon couple. C'est juste une mauvaise passade. On ne peut pas toujours vivre d'amour et d'eau fraiche dans une relation. Il est normal donc d'avoir des hauts et des bas. C'est ça la vie réelle.

— Il a carrément flashé sur toi.

Je tourne la tête vers Sylvie qui vient de me sortir cette énormité.

— Un Casanova qui flashe sur une femme. Je n'en reviens pas. Je trouve ça complètement ahurissant !

Mon intonation est suffisamment moqueuse pour espérer réussir à la faire taire.

— Benoît m'a dit que Rayan t'a trouvé vraiment différente. Rayan est son meilleur ami. Il ne lui mentirait pas.

— Je suis avec Julien. Je trouve déplacé le fait de me parler d'un autre homme qui aurait soi disant flashé sur moi. La fidélité, tu connais quand même !

— Mais ne m'agresse pas. C'est juste pour discuter que je te dis ça. Je ne suis pas une entremetteuse.

Elle a l'air fâché. C'est vrai que je me suis emportée tellement je me sens nerveuse.

— Et puis, reprend-elle un peu taquine, il a tellement l'habitude de plaire aux femmes, j'étais curieuse de savoir s'il avait réussi son coup avec toi. En tout bien tout honneur, tu peux me dire si tu l'as trouvé séduisant ? Je suis avec Benoît moi et je peux trouver séduisant un mec sans pour autant mettre mon couple en danger. Je trouve d'ailleurs Jake Gyllenhaal complètement craquant.

— C'est un acteur. Tu ne risques pas grand-chose, tu ne le croiseras jamais.

— Et toi, tu risques quoi ? Rayan ne t'a pas plu?

Bien sûr que oui, j'ai envie de lui crier. Normal, il sait jouer de ses atouts pour conquérir qui il veut. Il a joué avec son regard posé sur moi de temps en temps, il m'a écoutée avec intérêt et a répliqué avec humour. Sa fantaisie m'a fait rire. Il a savamment dosé ses gestes tactiles pour faire son effet. Je le revois alors passer sa main dans mon dos, très rapidement, un passage éclair. À ce contact, nous sursautons ensemble suite à une décharge électrique qui me donne l'impression de nous envelopper. On s'est mis à rire, surpris. La résonnance de son rire était très musicale, communicatif et évidemment charmant. Le mien ce fut une toute autre histoire : un rire débile d'une fille complètement sous le charme. Ses yeux m'ont scrutée et son sourire coquin m'a fait réaliser qu'il n'était pas dupe de mon attirance pour lui. De toute façon un conquérant voit ce genre de choses. Mes lèvres se sont desséchées à la vitesse de la lumière pendant qu'il m'observait. Je me revois les mouiller avec ma langue. Et moi pendant ce temps, cet infime minute de laisser aller, j'ai pensé combien j'aimerais que l'empreinte de ses doigts sur mon dos devienne des tatouages sur ma peau. Son regard est resté figé sur moi durant cette minute silencieuse et son sourire était plein de sous-entendus. J'en ai eu la chair de poule. Son corps m'attirait et je réprimais mon envie de lui. C'était trop fou, trop brutal. Julien n'était pas loin. Mon copain, l'homme avec lequel je vis. Je me sentais mal de ce désir brutal pour un homme dont je savais pertinemment qu'il était un vrai pro de la séduction. Je suis en couple. Et je suis quelqu'un de fidèle. C'est pourquoi je m'en suis voulu de cette minute où j'ai failli me perdre dans ses yeux. Aussi courte fut cette envie de lui, je me voyais déjà glisser un doigt sous sa chemise pour en défaire chaque bouton avec la précision d'un gourou en pleine méditation. Puis j'ai détourné mon regard car la magie de l'instant s'est éteinte devant la réalité. Je subis une crise dans mon couple. Je suis fragile car Julien ne fait plus rien pour que mes émotions se dirigent exclusivement vers lui. Je ne suis pas à l'affût du premier mâle qui me portera dans son lit. Ok, j'ai dérapé. Une minute ! Je n'ai rien fait de mal. Il n'y a rien de mal à fantasmer sur un homme, *juste une minute.*

— Non pas du tout, je réponds à Sylvie. C'est un grand charmeur, il n'est pas mal du tout mais bon... ce n'est pas mon type d'homme. Je préfère les mecs sérieux.

Sylvie se met à rire. Et son rire n'a rien d'agréable. Je crois qu'elle me juge. Je ne comprends pas pourquoi mes amis ne prennent pas au sérieux ma relation avec Julien.

***

J'ai toujours été très festive. Toujours en train de courir après les soirées, me préparer, me pomponner, choisir la tenue chic la plus branchée, les talons aiguilles au top de la cool attitude, me maquiller, retrouver mes potes, faire de nouvelles connaissances, rire. Sortir de mon quotidien, de ma routine et profiter de la vie pour voir du monde. Faire la fête avec mes amis améliore mon humeur. D'ailleurs cela devrait améliorer l'humeur de n'importe qui. À moins de posséder la capacité de méditer sans se soucier du reste du monde dans son petit coin personnel solitaire, sortir avec ses amis apporte une dose de bien être et nous détend. Julien est tout mon contraire. Au début, forcément, je me suis calmée. Une fois en couple, être avec lui me comblait. Je ne ressentais plus le besoin de m'aérer puisqu'au départ il était mon oxygène. Cependant, le fait que je ne sois plus sa priorité tant son boulot l'accapare a fini peu à peu à engendrer de l'ennui et de la lassitude. Son indifférence m'accable. Je sens bien que notre relation est morte. Même si je me dis et le répète à qui veut l'entendre que tout va bien. Cela dit, mes nouvelles connaissances au boulot m'ont donné l'occasion de revivre un peu ce que j'ai abandonné pour lui. Ce soir je sors. Boire un verre. Avec des amis. Franchement, il n'y a rien de mal. Julien peut venir s'il le veut mais il vient de me répondre qu'il est fatigué et que bon... il préfère se coucher tôt. Et que de toute façon il doit voir un pote à lui, ce soir justement. Mais il ne rentrera pas trop tard. Je sais ce que je devrais lui dire pour lui donner matière à réflexion :

— Si on sort chacun de notre côté, si chacun se crée son petit univers personnel, comment veux-tu que notre couple en sorte grandi ? L'évidence est qu'on finit par s'éloigner l'un de l'autre.

Il aurait réfléchi, s'il avait peur de me perdre.

Mais je me suis contentée d'un hochement de tête banal et je suis allée me changer. Lors de ce fameux anniversaire, quand le charmeur de service est arrivé, j'ai subi un choc dès son apparition. Parce que je le trouvais très beau, très... tout ce que j'aime en fait. J'ai préféré ne plus penser à lui et je persiste ce soir à ne pas y penser. Mais dans un coin de ma tête, je ne peux m'empêcher de les comparer tous les deux : Rayan est gentil, très attachant. Il m'a fait un léger rentre dedans. Mais comme n'importe quel mec.

Je suis avec Julien. Je suis fidèle. Je ne dois pas oublier que Julien est mon copain.

Et que si je dois tout quitter, lui et sa famille, sur un coup de tête parce que je me sens malheureuse et mal aimée à ses côtés, je ne me sentirai pas vraiment *adulte*. Je sais que tout est beau au début. Lorsque la crise survient, on ne doit pas tout lâcher. Se comporter en adulte responsable, c'est tenter de trouver une solution pour que tout redevienne comme avant. Je me regarde dans la glace. Mes sourcils sont relevés dans une interrogation muette. Je sens bien que mon corps parle pour moi.

Allons, me disent les deux sourcils intrigués, *regarde plutôt la vérité en face au lieu de chercher des excuses et de te mentir.*

Durant la semaine, Sylvie m'a montré les textos que Rayan lui envoyait :

* *Elle est trop belle Romy*
* *J'ai trop envie d'être avec elle*
* *Quand c'est qu'elle est plus avec son mec ?*

Je suis en train de passer mon eyeliner et je sens ma main qui tremble. Je peux soupirer autant que je veux, cela ne changera rien : Rayan est du genre papillon, je le sais ! Il faut que cela s'incruste dans mon crâne avec des incisions faites au granit pour que ce fait reste indélébile. Je me demande comment un mec comme ça peut s'intéresser à moi. Je ne comprends pas trop. Je suis jolie d'accord. Mais est ce que je mérite autant d'envolées lyriques ? Est-ce que, par hasard, je lui aurais vraiment fait de l'effet ? Ou alors tout cela n'est rien qu'un jeu pour lui. Sylvie et Benoît n'ont fait que me parler de lui toute la semaine. Alors, au fur et à mesure d'entendre tout le temps parler de lui, forcément je commence à y penser un peu. Puis un peu plus. Cela faisait marrer Benoît de voir son meilleur pote soi disant transi d'amour pour moi. Pour arrêter toutes mes pensées absurdes sur un homme pour lequel je ne dois représenter qu'un caprice, je secoue la tête. Mais ça ne marche pas comme ça, je ne suis pas dans un dessin animé et mon crâne n'est pas une ardoise qui efface tout si on le secoue un peu : l'image de Rayan est toujours là.

— Stop maintenant ! je me dis avec rage. Je sors ce soir, je vais respirer un bon coup et me détendre. Rayan doit sûrement être en train d'harponner une belle blonde qui passe. Puis la suivante. Et toutes les autres. Sors, va boire un verre, et oublie ton comportement de midinette devant un apollon dragueur à la petite semaine.

Je suis prête. Sylvie passe me prendre en voiture. Faudrait que je me décide à passer le permis. J'ai vingt quatre ans et je suis tributaire de mon copain et de mes amis. Faudrait sans doute que je m'inscrive au code. Devoir apprendre et entraîner ma tête à penser à autre chose n'est pas une mauvaise idée.

— T'es craquante Romy, comme toujours, me dit Sylvie en souriant.

Elle est une bonne amie. C'est vrai que j'ai pris soin de moi. Je suis déjà grande et les talons vertigineux que je porte accentuent encore ma taille. Une façon tout à fait innocente de faire fuir ceux assez téméraires pour me draguer ce soir. Devant moi, ils auront l'impression d'être des nains. Aucun ne m'approchera. C'est le prix à payer pour qu'on me laisse tranquille au lieu d'aboyer que je suis en couple. Une fois assise à l'arrière de la voiture, je sens une petite joie de vivre m'envahir. C'est fou comme ça fait du bien de se faire belle et de sortir de chez soi, de temps en temps. J'ai perdu un peu trop l'habitude d'être heureuse. Cette soirée va m'être profitable. Je me sens sereine, confiante et prête à entamer une vraie discussion avec Julien dès mon retour. Je ne sais pas si c'est le compliment de Sylvie qui m'a redonné la pêche mais je suis dans de bonnes dispositions. Je suis jolie, je suis jeune et ce soir tout particulièrement je suis à tomber à la renverse. Si Julien veut rester avec moi, il verra qu'il aura tout intérêt à se réveiller de sa torpeur. Ce n'est pas à mon âge que je dois devenir une vieille fille aigrie. Il m'a voulue ? Il m'a eue. Il me veut encore ? Il le peut s'il me le démontre cette nuit. Fatigué ou pas.

— On va où ? je demande en souriant.

— On va à Cannes, dans un bar très côté où tous les jeunes se réunissent.

Pas mal, je pense en souriant. Je vais me remettre dans le bain de la jeunesse. Exactement ce qu'il me faut.

— On connait le barman. Et tu le connais aussi.

Je cale mon dos contre le dossier après avoir attaché ma ceinture. La voiture démarre et Sylvie poursuit :
— C'est Rayan.
Est-ce que je risque ma vie si je saute d'une voiture en marche ?

***

Il est là, derrière le comptoir. Son rire parvient jusqu'à moi, comme de mini secousses sur mon épiderme. J'en ai la chair de poule. Il est si beau, si enjoué, si sûr de lui. Sa façon naturelle de rire avec les femmes agglutinées au bar et qui lui lancent des œillades taquines me force à réaliser toute la réputation du séducteur en puissance dont on m'a tant parlé. Je sais **qui** il est et cependant je ne peux qu'accepter ce fait : il est vraiment fascinant. A-t-il appris à le devenir, s'est-il perfectionné ou est-ce tout simplement inné chez lui ? Il prépare les cocktails tout en flirtant avec ces jeunes femmes déjà conquises. Il n'a qu'à faire son choix pour passer une nuit de folie avec l'une d'entre elles. Il a l'air totalement à l'aise et sa confiance en lui est presque palpable. L'assurance chez un homme est toujours désirable. Il donne une impression de force et c'est forcément craquant. Combinée à sa drôlerie, à son port de tête élégant et fier dans le sens le plus noble du terme, à ses pectoraux et ses abdos développés que son tee-shirt souligne avec précision, il est un conquérant. Sûr de lui, facétieux, frétillant, il ne peut laisser les femmes indifférentes. Je me laisse entraîner par mes amis vers le bar sans leur opposer la moindre résistance. En même temps je me rebelle contre cette sensation qui se diffuse dans mes pensées et dans mon corps et qui pourrait me rendre vulnérable à son magnétisme puissant. Je résiste à l'appel sensuel en me répétant que je ne suis pas du genre à tromper mon copain. Même en pensée. Même en fantasme. Je suis fidèle à ma parole. Je ne suis pas du genre à coucher pour une nuit d'extase. Je veux *toutes* les nuits. Les tombeurs ne sont pas pour moi.

— Oh, Romy !

Il est absolument irrésistible. Même sa voix est délicieuse tandis qu'il me regarde droit dans les yeux. Quand il dit mon prénom, j'ai l'impression qu'il me goûte. Comment peut-on être aussi envoûtant ? Cet homme est magique. Son air étonné et ravi devant mon apparition est joué avec une perfection maîtrisée. Il a réussi à me donner l'impression qu'il est réellement ravi de me revoir. Heureusement que je ne vis pas sur un petit nuage de candeur, naïve et insouciante, croyant aux miracles de la vie dans ma petite bulle rose. Je sais à quel point il est capable de transformer un simple *Oh Romy !* cordial en une phrase d'accroche sensuelle. Heureusement que mes amis m'ont prévenue. Ils m'ont tous dit à quel point Rayan était extraordinaire. Ils ont raison de le penser. Mais ils m'ont prévenue aussi à quel point il sait embobiner les filles. Tomber dans ses griffes c'est ne plus jamais se relever. Je lui lance un sourire un peu sympathique et un peu neutre. Puis je me faufile parmi mes amis, discutant avec les uns et les autres. J'essaie d'oublier l'attraction située vers le bar. Alors je parle et je parle encore avec Sylvie, Maria et tous mes autres amis. J'ai besoin d'explorer le sentiment confiant d'une parfaite maîtrise de mon sang froid. Après tout, je ne fais rien de mal. Alors, pourquoi je me *sens* mal ?

— Qu'est-ce qui t'arrive Romy ? Tu as l'air d'être un peu soucieuse.

Maria vient de s'asseoir à côté de moi tandis que tous les autres se sont soit rués sur la piste de danse soit vers le bar pour rire encore avec Rayan.

— Je ne sais pas ce qui m'arrive, je réponds un peu tristement. Enfin si je sais mais... tout ça me dépasse.

— Tout ça quoi ?

Je sais que je peux lui faire confiance. Elle ne trahira pas mes confidences. Avec Sylvie, même sans malice, elle serait capable de se moquer ouvertement de mes sensations. Avec Maria, je peux tout dire, il n'y aura aucun jugement de sa part. Et peut-être même que j'arriverai à comprendre si je suis une garce de penser à un autre homme que Julien.

— Rayan me fait beaucoup d'effet et ce sentiment me fait peur. Je sais qu'il n'est pas pour moi. Et je suis avec Julien. Même si ce n'est pas tout rose entre nous depuis quelque temps je me dis que trouver un autre homme attirant, même sans vouloir concrétiser, est-ce tromper ?

Maria se met à rire gentiment.

— Ok il t'attire. Tu sais qu'il attire pas mal de filles. C'est un aimant à lui tout seul qui catalyse les filles un peu désespérées, celles qui se posent des questions sur leur vie de couple et les célibataires qui rêvent du grand amour. Qu'il te fasse de l'effet c'est normal, accepte le. Cela ne veut pas dire pour autant que c'est le début de la fin de ta relation avec Julien. Le problème c'est que tu ne gères pas tes émotions.

— Pourquoi, tu les gères toi ?

— Je veux dire que tu es en train de culpabiliser sur un truc pas grave du tout. Tu es une femme et tu es attirée par un homme. Et alors ? C'est normal, ça fait partie de la vie.

— Mais je vis avec Julien, j'ai l'impression de le tromper, ça me tourmente.

— C'est quand tu commences à t'interdire de ressentir des émotions normales d'une femme trouvant un homme à son goût que cette réaction de défense devient totalement inefficace. Résister devant l'interdiction de rêver un peu, c'est le début des emmerdes. Bon sang Romy, dis toi que ta libido est en bon état de marche tout simplement ! Je trouverai étrange que tu ne ressentes rien devant Rayan. Il est croustillant, on a envie de le croquer. Cela prouve que ta santé sexuelle est à son niveau normal. Tu comprends ce que je dis ?

— Tu me dis qu'être excitée par un autre homme est une attitude saine.

— Tout à fait. Les problèmes commencent quand tu refuses de voir le bon côté des choses : ce soir tu rentres et tu laisses ta libido s'exprimer totalement avec... Julien ! Tu ne vas pas me faire croire que lui il ne trouve aucune autre femme attirante. Etre tenté par quelqu'un d'autre, c'est rien. Franchir le pas, ça c'est carrément dégoutant.

Est-ce que Julien m'a déjà trompée ? Cette question est venue sans crier gare. Il a une meilleure amie à qui il parle souvent. Ils se textotent tous les deux avec une frénésie presque incroyable. Je lui en ai déjà fait le reproche et il l'a très mal pris. Son leitmotiv était de me dire :

— Mais enfin Romy, elle est ma meilleure amie. Il n'y a rien de sexuel entre nous. Tu es ridicule.

J'avais surpris un message, juste avant de m'endormir. Il lui avait envoyé un texto en réponse à son *Je t'aime*. Il avait répondu *Je t'aime aussi, bonne nuit.*

— Mais tu es gonflé quand même ! C'est ça que tu lui envoies avant de t'endormir ?

— Quoi qu'est ce qu'il y a encore ? Ce n'est pas un « je t'aime » amoureux, réfléchis deux secondes Romy ! C'est juste amical. Tu dis bien je t'aime à tes parents, ta famille et à tes amies non ? Toi tu peux le faire et pas moi ?

— Je ne trouve pas ça très sain. L'amour en amitié, les sentiments se mélangent. Que vous soyez proche d'accord mais à ce point !

— Tu ne comprends vraiment rien. Tu cherches la dispute ce soir ou quoi ? Quel est ton problème ?

— À moi tu ne me l'as jamais dit, je murmure en lui tournant le dos.

Je suis sûre qu'il n'a pas entendu ma dernière réponse. Le chuchotis était discret. Il aurait du être pourvu d'un sonotone ou posséder le pouvoir extraordinaire d'attraper les sons à basse fréquence pour entendre mon ressenti. J'aurais aussi bien pu lui crier ma réplique. Ou lui parler calmement. Mais ma tristesse a toujours du mal à s'exprimer. Je me suis endormie ce soir là complètement abattue devant son incompréhension et toute la décharge émotionnelle d'un crève-cœur.

Maria a raison bien sûr. Mon corps se sent appelé ailleurs et il me le fait bien comprendre avec tous ses symptômes de bruissement dans le ventre, de chaleur. J'ai reçu le message, 5 sur 5. C'est une sensation agréable de voir aussi qu'on peut plaire. Je consens à laisser mes pensées venir me titiller le bas ventre s'il en ressent l'envie. Pour ma part, je garde ma liberté. Je n'ai pas envie du tout d'entrer dans un jeu dangereux entre monsieur le séducteur et moi. Je vais rentrer chez moi et je vais coucher avec mon copain. J'ai besoin de sexe, j'en ai été un peu trop privée ces derniers mois. Je me sens chaude et prête à explorer un nouveau jeu. Avec Julien. Ce serait tellement simple si nous arrivons à retrouver notre connivence passée et notre attirance mutuelle à son apogée. Forte de cette idée de génie, je passe une bonne soirée. Je me sens moins coupable du coup de trouver cet homme attirant puisque je sais que Julien m'attend à la maison. De toute façon je ne suis pas une fille désespérée. Rayan n'a donc pas autant de pouvoir sur moi. Il me fait rire bien sûr. Je discute avec lui et avec tous les autres. Je réussis à m'intégrer dans toutes les discussions beaucoup plus facilement durant les heures qui passent. Je me sens bien et tout à fait à l'aise. Je laisse Rayan flirter avec moi. Quand il me demande si je suis toujours avec mon copain, je lui réponds oui en souriant. Même si j'ai une boule au ventre, je comprends que cet homme pourrait réussir à me séduire totalement s'il avait été quelqu'un d'autre. Quelqu'un de moins redoutable dans ses fréquentations d'une nuit. Je passe tout de même une excellente soirée. Lorsque je rentre, je suis crevée. Trois heures du matin n'est pas le timing idéal pour engendrer un moment érotique avec mon copain. De toute façon il dort à poings fermés. J'ai juste une seconde de mécontentement en réalisant qu'il ne s'est pas inquiété du tout. Il dort du sommeil du juste. Aucun souci à l'horizon pour lui d'après son attitude de ronfleur pas du tout inquiet de me savoir loin de lui. Je me rassure en me disant qu'on ne peut pas réussir à dormir aussi bien si on n'a pas la conscience tranquille. Puis, je ne pense plus à rien dans la seconde qui suit. Je m'endors tellement vite que je dois avoir la conscience en paix moi aussi.

***

2

Nous sommes le 24 décembre au soir. Dans une minute ce sera un nouveau jour. Julien vient de m'offrir un cadeau époustouflant. Quand je pense que j'ai douté de lui ! Une bague. Je sens bien qu'il veut me dire quelque chose. Même s'il reste muet sur ses intentions, un homme n'offre pas une bague à une femme sans aucun motif. Je vais me débarrasser une bonne fois pour toute de tous mes tracas concernant notre relation. Je pense que ça va fonctionner entre nous. Mon petit écart de pensée pour un autre homme, je vais devoir l'effacer de ma mémoire. Même si je n'ai rien fait de mal, j'avais de bonnes raisons de douter de l'affection de Julien. Plus maintenant. Son silence m'affecte un peu mais je ne vais pas recommencer à me poser toutes sortes de questions absurdes. Je me vois mal lui dire :
– Une bague ? Tu veux dire que nous sommes fiancés ? Mais parle-moi ! J'ai compris ? Sinon tu aurais pu m'offrir un collier, un pendentif, des boucles d'oreilles. C'est pas comme si tu n'avais pas eu le choix ! C'est une bague que tu as choisie pour moi ! Qu'est ce que je dois comprendre ?
– Rien.
Il serait capable de me répondre ça. Et je suis presque sûre qu'il aurait eu raison. Je suis sans doute trop impatiente, constamment en train de chercher midi à quatorze heures, essayant de décrypter les expressions faciales ou tenter de décoder un mot qu'il lance innocemment pour en faire tout un plat. Car il vient de m'offrir une bague, quoi ! Un homme offre un bijou pour montrer son amour. Ce n'est pas moi qui le dis. Je

l'ai lu dans un magazine féminin. De toute façon, c'est ce que pense la majorité des femmes. La lecture de l'article m'a juste confortée dans l'idée que j'avais raison de le penser aussi. Ensuite, j'ouvre une autre boîte. Dedans il y a un collier assorti à la bague. D'accord, en fait il vient de m'offrir une parure de bijoux. Je suis partie trop loin dans des songes ridicules. Car je me souviens d'une anecdote lorsque nous nous promenions dans une grande surface à la recherche d'un cadeau d'anniversaire pour sa cousine. Il n'avait aucune idée précise. Moi je ne la connaissais pas suffisamment pour entrevoir ne serait-ce que le début de ses goûts. Finalement, après deux bonnes heures de recherches infructueuses, il avait opté pour une parure de bijoux en argent, collier et bracelet, en me disant :

— On va prendre ça. Je vais pas passer des heures à chercher quoi lui prendre. C'est toujours ce que je prends quand j'ai pas d'idées. De toute façon, un bijou ça fait toujours plaisir.

Nous sommes dans ma famille pour le réveillon de Noël. Je vois ma mère nous regarder, Julien et moi, avec des yeux attendris. Je suis persuadée qu'elle nous voit, à cet instant précis où je passe la bague à mon doigt, fiancés. C'est une pensée logique quand on voit sa fille recevoir une bague de son petit copain, devant toute la famille réunie. Alors, j'attache le collier assez rapidement pour ne pas faire d'impair. Heureusement que le tout est assez discret. Celui pour sa cousine était brillant fantaisie. Pas mal du tout. Mais s'il m'avait offert le même genre de parure, j'aurais scintillé comme un second sapin de Noël dans toutes les pièces de la maison. La remise des cadeaux est heureusement très rapide. Mes parents n'ont pas du s'apercevoir de mon manque d'enthousiasme devant la découverte du second bijou. Julien ne s'est pas retourné vers moi une seule fois. Il n'a même pas voulu connaître ma réaction lorsque je verrais son présent. Il était en train de chercher ses clés de voiture. Il est minuit et demi. Nous sommes attendus dans sa famille pour le repas du 25 décembre. Dans quelques heures, nous allons encore passer à table. Julien est en train d'embrasser ma mère en la remerciant pour le délicieux repas. C'est l'heure de rentrer. Je suis toujours sous le choc du choix de son cadeau. Est-ce que réellement il m'a offert cette parure car il ne savait pas ce qui me plairait ? Est-ce que réellement il n'a pas voulu se casser la tête à chercher *la chose* qui me réjouirait, par fainéantise ou manque d'envie ? Prendre le premier truc passe partout car *de toute façon ça fait toujours plaisir* ? Le retour à la maison se fait le plus silencieusement du monde. Julien baille toutes les trente secondes. Arrivés chez nous, il se dirige dans la chambre après m'avoir lancé :

— À onze heures on passe prendre mes parents. Une seule voiture suffit pour aller chez ma tante. Putain, je suis crevé !

Quand il s'endort, je suis toujours devant le miroir de l'entrée à regarder ma bague et mon collier.

***

Le 25 au matin, je me réveille un peu moins détendue que d'habitude. Je pense déjà à la robe que je vais mettre et qui s'accordera avec le bijou que je porte à mon annulaire avec une certaine crainte. Quand je mets mon collier, il me glisse des doigts et tombe, heureusement sans se casser, sur le sol. C'est à ce moment que Julien ouvre un œil. Quand je pense que le bruit de la cafetière n'a jamais réussi à le réveiller, je m'étonne que le frôlement du bijou sur le carrelage ait réussi cet exploit. Julien avance vers moi. Son visage est grave et ses yeux sévères. Il n'y a pas si longtemps, son regard posé sur moi me troublait. Surtout lorsque de sa bouche sortaient des mots d'amour. Il attrape la tasse de café que je lui ai préparée. Il l'avale d'une traite puis il se dirige dans la salle de bain. Depuis son réveil, nous n'avons pas échangé un seul mot. Il a l'air lointain et pensif. C'est dans la voiture qu'il se tourne vers moi et qu'il me dit :

— Romy, on arrête tout. Nous ne sommes pas dans la même bulle. On va dans des directions différentes depuis quelques temps. C'est terminé. Il vaut mieux rompre.

Il m'offre une bague pour me quitter le lendemain ? Une bague de rupture, je ne connaissais pas, tiens ! J'entends ce qu'il me dit mais je ne comprends pas. Mon cerveau refuse d'admettre l'évidence. Mon mec veut me quitter.

— Naturellement tu viens quand même au repas de Noël avec nous, poursuit-il tranquillement.

Ben non, va te faire foutre en fait, me dit une petite voix dans ma tête qui me fait sursauter. En fait non, je ne suis pas débile. J'ai juste eu un moment de flottement devant l'absurdité et la cruauté des mots de Julien. Normal qu'il m'ait fallu quelques secondes supplémentaires pour saisir ses propos. Ma petite voix veut me faire réagir au lieu de continuer à refuser d'admettre que j'ai très bien compris ce qu'il m'a dit. Si je n'étais pas aussi choquée, j'aurais bien aimé approfondir la connaissance du cerveau humain. Mais ce court laps de temps où je me suis sentie déconnectée, tel un zombie parcourant la route sans savoir où il va, entendant son propre mugissement sans en saisir le sens, vient de laisser place à un profond désarroi. Ma tristesse me rappelle qui je suis, ce que je dois fuir : ce passé négatif enfoui dans ma mémoire vient de s'activer. Je réalise que je vivais dans le mensonge, je me suis abusée en voulant effacer tout le mal-être subi ces derniers mois avec lui. Je suis encore prostrée quand on s'arrête devant la maison de ses parents une minute plus tard. Ses parents que j'adore sont là devant la voiture, un grand sourire aux lèvres. Ils me lancent un bonjour sonore. Je ne peux pas parler, ma gorge est nouée et les larmes ne vont pas tarder à prendre le relais de mon silence. Je me demande s'ils ont compris, eux, plus vite que moi, le malaise qui nous entoure. Je ne peux pas descendre de la voiture. Mon corps est paralysé, je suis bloquée. Je ne peux pas aller manger avec sa famille alors qu'il vient de me dire que tout est terminé entre nous. Il m'est impossible de faire comme si rien ne s'était passé, comme s'il ne m'avait rien dit de brutal. J'en ai marre de faire semblant. J'ai assez joué la muette de service ces derniers temps pour n'inquiéter personne. Mais moi, qui s'occupe de moi ? De ma blessure ? C'est alors que je me mets à hurler :

— Je ne veux pas venir ! Amène-moi chez Sylvie !

Je vois Dominique, la mère de Julien, indécise, peut être même un peu choquée de voir que nous nous sommes disputés. Je crie de plus belle, je veux effacer ce visage tendre d'une belle mère que j'aime, je dois effacer tous mes souvenirs.

— Amène-moi chez Sylvie ! Je ne veux pas rester ici ! Ramène-moi !

La mère de Julien se met à pleurer, je me cache les yeux pour effacer cette vision et j'hurle de plus belle. C'est dans un crissement de pneus que la voiture démarre. Je me mets alors à sangloter. Je sais que plus jamais je ne les reverrai souriant devant moi.

***

J'ai toujours gardé en mémoire la magie du 25 décembre. Enfant, ado et adulte, j'ai toujours attendu ce moment avec une fébrilité croissante et une joie exacerbée à son maximum lorsque j'ouvrais mes cadeaux. L'attente, les yeux émerveillés, c'est ça Noël! Une ambiance et un état d'esprit positif. La chaleur et le bonheur de se retrouver en famille, c'est un cadeau aussi. J'aime profondément la famille de Julien et je sais que c'est réciproque. J'attendais ce repas avec impatience. Je me voyais déjà prendre soin d'eux et sentir leur amour sur moi. Quand j'aime les gens c'est sincère. Alors, me retrouver un 25 décembre, en pleurs, chez Sylvie, cela risque de m'entraîner sur la pente d'une déprime pour tous les prochains Noëls. Car même si l'univers se penche un peu sur mon cas et me rende heureuse pour mes prochaines années, je n'oublierai jamais totalement le foirage de ce Noël ci :

— Il a fallu que tu attendes un jour comme aujourd'hui pour me balancer ça à la gueule ! je lui crie avant de claquer la portière violemment.

Julien descend aussi et s'approche de moi en me tendant les bras.

— Mais tu es un grand malade, je continue de lui lancer comme une furie. Ça ne te suffit pas de me planter comme ça sans autre explication que tes propos débiles, il faut aussi que tu bousilles tous mes prochains Noëls pour bien que je repense à ton odieux comportement ! Cette décision, tu y as longuement réfléchi ? Alors pourquoi aujourd'hui ? Pourquoi ne m'as tu pas annoncé ça il y a une semaine pour ne pas me pourrir ma journée ? Pourquoi est-ce que tu as passé le Noël avec ma famille ? Tu rêvais d'un repas gratuit ou quoi ? Et là pourquoi tu me demandes d'aller dans ta famille ? Comment veux-tu que je me comporte normalement avec eux alors que je sais maintenant qu'ils ne font plus partie de ma vie ! Tu n'as même pas essayé, tu me jettes comme du papier pourri. Je ne suis rien à tes yeux.

Je lui jette la bague et le collier.

— Vas y, je lui dis, va te faire rembourser ! Je serai à deux doigts de te demander ce que tu as offert à ta meilleure amie. Mais je m'en bats l'œil en fait, crève en enfer et emmène la avec toi !

— Mais qu'est ce qu'il y a ? me demande alors Sylvie qui vient de m'ouvrir la porte de chez elle.

Je ne peux pas articuler un mot. Mes larmes coulent en abondance, je suis en train de réaliser ce que je viens de subir. Et j'ai du mal en une minute à faire le deuil de cette perte d'amour familial auquel je tenais temps. Après quelques minutes d'abattement, je réussis à raconter à Sylvie ce qu'il vient de se passer. Je me montre sincère et honnête.

— Si je dois analyser mes vrais sentiments, ma tristesse ne vient pas de ma séparation avec Julien. Pour être honnête, je me posais des questions sur notre couple et je sentais bien que de mon côté, je n'étais pas satisfaite du tout de la tournure de notre relation. Mais cette façon qu'il a eue de me jeter sans prendre de gants m'a fait me sentir nulle. M'annoncer ça brutalement le jour de Noël alors qu'on était attendus dans sa famille et me demander ensuite calmement de faire comme si ce qu'il venait de dire n'était rien, ça c'est la goutte d'eau.

— Tu as rompu avec Julien ?

— C'est lui qui a rompu ! je lui crie alors que mes larmes redoublent en puissance. Dans la voiture. Alors que ses parents nous attendaient. Et il m'a en plus demandé de faire comme d'habitude. Jouer la comédie devant sa famille. Tu le crois ça ?

— Ben... j'ai du mal.

— Et pourtant c'est exactement ce qu'il s'est passé !

Je dois arrêter de crier. Cela ne sert à rien. C'est alors que mon téléphone sonne. Le prénom apparait et je n'en crois pas mes yeux. J'ai peur à cet instant de ma réaction si jamais je décroche. Je n'ai vraiment pas envie de me donner en spectacle de nouveau devant Julien. Je n'ai pas envie qu'il entende mes sanglots. À cet instant précis je le déteste.

— Tu ne réponds pas ? me demande alors Sylvie d'une petite voix tranquille.

Je secoue la tête et je la vois décrocher. Je la regarde, un peu hébétée par son geste et j'entends la voix de Julien car elle vient de mettre le haut parleur.

— Passe-moi Romy, il faut que je lui parle.

Je secoue la tête et je me lève violemment.

— Elle n'a pas envie de te parler. Pas après ce que tu lui as fait.

— Alors dis lui que ce que j'ai fait, je l'ai fait pour notre couple. Je voulais la faire réagir. Cela fait quelques temps déjà que notre relation est bancale. Je la sentais loin de moi et plus aussi amoureuse qu'avant. Je me suis dit qu'elle avait peut être besoin d'un électrochoc pour se ressaisir et comprendre que cette situation me pèse énormément. Je ne veux pas la quitter. Je voulais juste la faire réagir.

J'arrache le téléphone des mains de Sylvie. Ma voix est redevenue calme même si mes yeux sont encore mouillés de tristesse. J'arrive cependant à prendre sur moi pour lui répondre. L'épisode a été douloureux. Il m'a ouvert les vannes d'une peine profonde que rien ne pourra apaiser. Je le sais maintenant. Je vois Julien avec des yeux neufs. Son attitude a été irrespectueuse.

— Tu aurais pu entamer un dialogue au lieu de me traiter comme une moins que rien. Tu voulais me faire réagir ? Je réagis. Et je réalise qu'être en couple suppose des moments de bonheur et non de dédain. Tu m'as parlé comme à une merde, tu te fous de moi et de ce que je peux ressentir. Tu as raison finalement. Nous ne sommes plus sur la même longueur d'ondes.

— Romy, il fallait que je sache si tu tenais à moi.

— En me rabaissant et en me faisant croire que je ne représentais plus rien pour toi ? Pourquoi ne pas m'avoir dit que tu tenais à moi ? Pourquoi ne m'as tu plus rien prouvé depuis des mois !

— Tu sais très bien ce que je ressens pour toi…

— Oui, je le sais *maintenant* ! Va donc dire *je t'aime* à Virginie et…

— Tu ne vas pas recommencer ! C'est ma meilleure amie…

— Oui à elle tu lui dis je t'aime tout le temps. Avec une grande facilité et un tel naturel ! À moi tu ne me l'as jamais dit.

Je reprends mon souffle une seconde puis je lui lance rapidement pour ne plus qu'il intervienne, car ma décision est prise.

— C'est fini. Tu l'as dit toi même. N'en parlons plus.

Je raccroche : fin de l'histoire.

— Virginie ? Il dit je t'aime à *Virginie* ? me demande alors Sylvie incrédule.

— Oh oui, à sa meilleure amie, il trouve les mots doux. Avec moi niet !

— Comment tu te sens ?

Mes larmes ne coulent plus. Mais la tristesse est toujours présente en moi. Je ressens les sanglots intérieurs former un grand lac qui finira bien par s'assécher avec le temps. Je replonge alors dans les souvenirs pour répondre à Sylvie.

— Julien est le premier homme avec lequel je me suis mise en couple. Emménager avec lui c'était comme le dernier rite de passage à l'âge adulte. C'est fini le temps de la naïveté. J'aurais du savoir que devenir adulte ça entraîne inévitablement des tas d'emmerdes.

Je ferme les yeux et je m'allonge sur le divan. Je revois Julien m'accueillir avec un gros câlin à chaque fois que je rentrais à la maison au début. Mon sentiment d'abandon refait surface. J'ai toujours eu en moi ce pressant besoin d'être aimée. Je réalise que ma relation avec Julien n'a fait qu'engendrer une dévalorisation de ma propre personne et de mes envies. J'étais attachée à Julien quand même. Mais je n'arrive plus à me rappeler, même avec nostalgie, de nos bons moments. Il n'y a plus que le vide autour de moi. C'est fini. Il ne me blessera plus. Il me faut toute la journée pour arriver à faire mon deuil de la séparation. Je sais qu'il m'en faudra beaucoup plus pour l'affection que je voue à ses parents. Et surtout à sa mère. Ma seconde maman.

***

Les journées qui ont suivi ont été banales en somme. Je suis restée calfeutrée un petit peu chez moi. Et beaucoup chez Sylvie. Je ne veux même plus penser à la douleur de ma mère quand je lui ai annoncé que Julien et moi c'était fini. Pas d'autre explication. Je n'ai pas eu envie d'entrer dans les détails pour ne pas revivre la même scène éternellement. Mais j'ai bien vu que cela lui a fait un choc. Car elle réalise, elle aussi maintenant, que la cassure avec la belle famille signifie qu'elle ne fera plus partie de nos vies. Il faudrait que je rencontre quelqu'un qui n'a aucun parent. Cela évitera à ma famille de s'attacher aussi.

— Arrête de bouder! s'exclame Sylvie.

Je crois qu'elle n'en peut plus de me voir repliée sur moi même comme si je n'attendais plus rien de ma vie.

— Franchement Romy ? Qu'est ce que tu aimes chez Julien ?

Je n'ai pas besoin de réfléchir quinze ans pour trouver la réponse évidente.

— Ben... sa famille.

— C'est complètement ridicule ce que tu viens de dire.

— Je ne vois pas pourquoi ça le serait. C'est ma famille d'adoption, ils ont été géniaux avec moi, ils m'ont accueillie, écoutée et aimée. J'ai trouvé ma place et j'adorais passer du temps avec eux. Détruire ce lien me fait mal. Mais bon... c'est fini. Je dois avancer.

— Alors arrête de penser à tout ça. Cela va faire dix jours que tu te morfonds et désolée de te le dire mais tu fais du sur place. Toi qui a envie d'avancer c'est loupé. Écoute, Benoît passe me prendre dans l'après midi. On part retrouver la bande d'amis. Viens avec nous. Je parie que tu ne le regretteras pas. Tu vas voir, on va s'amuser et cela va t'aider à mieux gérer ta peine. Rire c'est la meilleure façon de s'en sortir. Et avec Rayan, du rire il va y en avoir je peux te l'assurer !

***

3

Rayan se tient loin devant moi. Il marche dans ma direction. Ses grands yeux noirs me fixent. À cet instant précis, je sens mes souvenirs valser au gré d'un vent violent, une véritable tempête qui détruit tout sur son passage. Mes joies, mes peines, tout disparait, écrasé par la violence de la bourrasque de plus en plus folle qui prend possession de tout mon être au fur et à mesure que Rayan avance vers moi. Même Julien n'existe plus. Aucun souvenir de ma vie passée ne réussit à se focaliser dans mon esprit. J'ai tout oublié de ma vie d'avant. Je ne ressens plus aucune tristesse devant l'affront que Julien m'a fait subir. Plus rien n'a d'importance. Excepté le regard de cet homme sur moi.

Il n'y a plus que *lui*.

La musique assourdissante du DJ, les cris des danseurs, même les lumières changeantes de la discothèque, tout s'efface. Je n'entends plus rien. Je ne vois plus rien. En vérité je ne sais même plus où je suis. Je ne ressens qu'une force surnaturelle me commander de me jeter dans ses bras. Pourtant je ne bouge pas. Je suis paralysée. Un peu inquiète aussi. Il est troublant de se sentir ainsi à la merci d'un désir absolu et de comprendre en même temps qu'il est le premier homme à avoir réussi à m'envoûter d'un simple regard. Il s'avance toujours. Malgré le bruit autour de moi, je n'entends que les chuchotis dans mon ventre. Il me regarde droit dans les yeux et il avance encore. Il ressemble à un félin et je suis sa proie. Je sais que je ne pourrai pas m'échapper de son emprise. Je le regarde marcher avec une telle assurance, une puissance, un magnétisme et une virilité qui vont au delà de tout ce que j'ai connu. Et je chavire. Parmi les gens sur la piste qui dansent comme si tout était *normal* pour eux, je me sens propulsée dans un autre lieu et dans un autre temps. Prise dans la spirale effrénée d'un trou noir qui me gobe à toute vitesse, qui m'enferme et me projette hors de ce lieu.

Il n'y a plus que *lui*. Lui et moi.

Il se tient devant moi et ses yeux me foudroient. C'est alors qu'il m'empoigne avec force. De sa main droite, il presse mon corps contre le sien. Je sais que sa marque restera gravée dans le creux de mes reins. Je me retrouve plaquée contre lui. Il est chaud et musclé. Ma poitrine est près de son cœur que j'entends battre vite et fort. Par réflexe je ferme les yeux lorsque son souffle s'approche de mes lèvres. Son odeur me captive. J'ai la sensation que mon âme cherche à se blottir contre la sienne. Ligotée à cet envoûtement, je lui offre ma bouche. L'humidité de ses lèvres me brûle. Je me consume de l'intérieur. Il se montre tendre et prévenant. Puis la seconde d'après il devient plus vorace lorsqu'il introduit sa langue. Elle est pressante et exquise. Je me laisse emporter par le tourbillon alors qu'il me goute et me dévore en même temps. Je perds complètement pied devant la perfection de ce baiser. Je déguste chaque millimètre de sa fine peau, chaque recoin de l'intérieur de sa bouche. Je suis en transe, éperdue d'admiration devant le contact passionné qu'il me procure. Je laisse parler mon corps, je laisse ma main glisser sous son tee-shirt. Sa peau est douce et la fermeté de ses pectoraux me fait frémir. Surtout quand je tâte ses muscles et que je les sens se crisper à chaque passage de mes doigts. Sa langue ferme joue toujours avec la mienne. J'ai l'impression que tous les papillons de l'univers se sont donné rendez-vous dans mon ventre. Ils s'agitent et poursuivent leur chemin vers mon entrejambe. Rayan se détache alors de moi et son haleine pétulante et boisée me câline l'oreille tandis qu'il me lance, le souffle saccadé :

— J'ai envie de toi.

Son souffle se dirige vers le lobe de mon oreille. Puis, délicatement il l'aspire, le suce et le mordille tandis qu'il m'écarte le bras pour glisser vers ma poitrine.

— Oui, je lui réponds lascive et désireuse de poursuivre encore l'embrasement de mes sens.

Il attrape alors un sein fermement. Je ressens le durcissement de mon téton et cela, combiné avec ses halètements chauds dans mon oreille, me plonge dans une douce volupté. Les sensations que me procurent ses paumes sur les deux pointes m'obligent à me cambrer. Il décrit des cercles à travers le tissu de ma robe et pourtant c'est comme si j'étais nue devant lui tant ses caresses me touchent la peau. Il les pince, il les tire.

— Je veux te les sucer.

Sa voix résonne en moi. Et ma réponse ne se fait pas attendre quand mes jambes s'écartent d'elles mêmes. Je ne peux que lancer des *oui* d'une voix basse et rauque tant je me sens exaltée et reconnaissante de plaisir.

— Tout de suite, me dit-il alors.

Il arrête net de me palper. Mon souffle saccadé essaie de laisser revenir ma voix. Je veux lui crier de ne pas s'arrêter. Je suis dans un état second et je vais finir par m'écrouler s'il ne me retient pas tant mes jambes sont flageolantes. Nos souffles s'entrechoquent car nos visages sont très près. C'est alors qu'il mc sourit. Jc n'ai plus aucune résistance devant ce sourire carnassier et limpide de tant d'attraits. Je crois que je lui souris aussi. Je ne sais pas, je suis dans un état de totale soumission. Il me tire alors d'une main vers la sortie de la discothèque. Quand nous passons devant notre table, je le vois récupérer mon sac et lancer à nos amis qu'il me raccompagne. Je flotte, hébétée et *stupidement* heureuse. Il démarre dans un crissement de pneu. Durant le trajet, nous ne nous adressons pas la parole. Mais au premier feu rouge, il soulève ma jupe. Ensuite il ne va plus s'arrêter. Tout en conduisant, il trouve le moyen de laisser sa main explorer de temps en temps mon corps. Une caresse sur ma jambe, puis il remet la main sur le volant pour tourner. Cela ne dure qu'un court instant car ensuite sa main se dirige sur les bretelles de ma robe qu'il réussit à défaire. Pour cela je me tortille un peu pour l'aider dans sa démarche. Il est une heure du matin, les rues sont désertes. Voici un nouveau feu rouge. Il n'a pas mis sa ceinture, c'est pourquoi il se retrouve presque sur moi et m'embrasse à pleine bouche. Ses doigts se frayent un passage sur la dentelle de ma culotte. Il se baisse alors et plonge à mes pieds pour engouffrer sa tête sous ma robe. Je ne peux plus me contrôler. Je pousse des râles tellement forts suivis de gémissements si aigus que je n'arrive pas à reconnaître ma propre voix. Il fait monter la pression puis il s'arrête et retourne sur le siège conducteur. Mais sa main est toujours posée à l'intérieur de ma culotte. Je suis dans un état euphorique qui me propulse déjà sur le sentier brûlant qu'il veut me faire emprunter avec lui. Je suis disposée à subir toutes les positions qu'il voudra, tous les assauts qu'il aimera. Je suis disponible et consentante. Ses attouchements me procurent déjà des sensations si fortes que je crains de me mettre à hurler dans cette nuit silencieuse, prisonnière de ses doigts. Je sens l'excitation monter à son plus haut degré quand nous arrivons chez lui. Je n'avais jamais ressenti un pareil désir m'envahir auparavant. Mes jambes tremblent, mon sexe mouillé frémit. Je le sens impatient d'être dévoré par lui. Une fois à l'intérieur de son appartement, il allume toutes les lumières :

— Tu es si belle. Je veux te voir.

Je ne me demande pas pourquoi il allume toutes les pièces. Mais je sens qu'il a une idée derrière la tête car son sourire animal me laisse entendre qu'il n'a pas encore commencé à jouer vraiment avec mon corps. Il me porte alors à bout de bras après avoir attrapé mes hanches. Il m'attire contre lui. Il me caresse les cuisses, le ventre, la poitrine tout en me déshabillant. Il n'arrête pas de m'embrasser. Une fois nus tous les deux je ne me sens pas gênée par la luminosité. Je me sens impudique et forte en même temps. Dans ses bras, soit je suis devenue une autre soit je me suis redécouverte telle que je suis vraiment. Pour la première fois je me sens une vraie femme. Désirée et avide de me laisser aller à l'extrême jouissance. Je crois qu'en fait je suis enfin devenue moi même. Et c'est lui qui a rendu cela possible. Il me claque les fesses, les mordille puis les pince. J'ai besoin de le toucher, de le sentir. J'aime ses mains sur ma peau. Il fait de moi une brindille qui gémit à chaque caresse. Où qu'elle se pose. Je suis un peu dépassée tout de même par la découverte du vrai plaisir féminin et par la répétition de la jouissance alors qu'il me palpe, me tâte, me lèche, me suce et m'embrase. Je laisse mon regard et mes mains apprécier ses abdos très bien dessinés, sa peau mate satinée. Puis je descends plus bas. Je vois alors son membre durci plaqué contre ma hanche tandis qu'il caresse mon dos et qu'il se laisse tenter ensuite par mon entrejambe. Sa langue experte explore maintenant chaque parcelle de mon sexe. J'accroche mes doigts à ses cheveux et ma tête se rejette en arrière dès qu'il s'active un peu plus frénétiquement. Il vient de m'ouvrir les portes de la volupté, des plaisirs infinis et nouveaux pour moi. Il ouvre encore plus mes jambes, fait courir ses doigts et sa langue. Ma peau s'affole et mon corps est en apesanteur. Les mouvements de ses doigts et de sa langue provoquent un nouveau brasier en moi. Je ne peux m'empêcher d'haleter et de gémir de plus en plus fort. Il me dévoile alors son sourire lubrique. Il a senti que j'étais prête à toutes les impudences. Quand il pénètre en moi, il le fait tendrement. Mais mon corps réclame plus de puissance. Je reste persuadée que c'est ce qu'il attendait : que l'initiative vienne de moi. Alors, j'agrippe ses fesses et d'un coup de bassin je l'incite à ne pas me ménager. Je le veux loin et je le veux plus fort. Tandis que je m'accroche à lui, mes ongles s'enfoncent dans son dos. Nos cris s'amplifient au même rythme que la course endiablée de ses coups de reins.

***

Cela fait une semaine maintenant que notre relation a commencé. Je n'en reviens toujours pas de la rapidité de notre histoire ni de cette folle intensité qui lie nos corps pour des nuits de folie. Rayan a un tempérament de feu. Il veut tout, tout de suite. Il ne perd pas de temps. Il ne doit pas avoir l'habitude qu'on lui dise non. Je le suis dans sa course, je file à toute allure. Je ne peux pas m'arrêter sinon je risque de perdre l'équilibre. Notre relation de couple est fulgurante, on va vite mais je trouve qu'on va *bien*. Même si j'ai le vertige, je reste à ses côtés, acceptant la vitesse de sa vie et l'incorporant à la mienne. Tout se précipite. Nous avons plein de projets dès le départ. Pour moi c'est une évidence, cet homme est pour moi. Je ne veux pas le perdre. Même si j'ai peur d'être consumée par tout cet amour qui me brûle, même si j'ai peur de tomber, même si un détournement de trajectoire risque de me faire chuter, je cours, je vole, je me hâte vers le précipice. Car je sais que Rayan est là et qu'il file à toute allure. Je ne veux pas qu'il me perde en route. Je me sens pousser des ailes à ses côtés. Je suis tombée amoureuse. Littéralement. Je suis terrassée, subjuguée, transportée. Je ne vois que lui. Je ne pense qu'à lui. J'ai un terrible besoin de savoir en permanence où il va, ce qu'il fait. Je lui envoie des textos pour n'importe quelle raison. Je cherche tous les prétextes pour le contacter. Comme pour lui rappeler que je suis là. À ses côtés. Je suis hantée par une seule pensée : savoir s'il m'aime autant que je l'aime. J'ai bien conscience que je sombre dans la dépendance. Mais je le fais avec une évidence teintée de passion. Mes pensées continuellement tournées vers lui virent à l'obsession. J'ai besoin de le voir, de l'entendre, de lire ses mots. Même ces quelques moments fugaces quand il répond à mes textos me rendent folle de bonheur. Je vis *chaque instant*, j'attends *chaque instant* cette chaleur électrique dès qu'il me frôle, mes rougissements quand il se permet une caresse osée, mes rires bêtes à chaque fois qu'il ouvre la bouche pour me raconter sa journée. Mais je connais aussi les doutes, l'inquiétude, la peur et cette folle jalousie qui est née en moi et qui ne me quitte plus. Tout en lui me chavire. Le sang s'agite dans mes veines, mon cerveau bat à plein régime, mon corps frétille d'impatience et ma vie lui appartient. Cela fait une semaine que nous sommes ensemble. Et c'est aujourd'hui qu'il me dit :

— Allez, je t'invite. On part à New York tous les deux.

***

Nous sommes à New York, cette ville fascinante, vibrante et qui ne dort jamais. C'est mon Rayan tout craché. Je comprends pourquoi il a choisi de s'y rendre car il doit s'y sentir comme chez lui. Une appartenance à un mouvement, à un clan, à cette vitesse qui le caractérise. Je suis heureuse d'être là avec lui. Cela signifie que je suis *vraiment* avec lui, qu'il m'a incorporée lui aussi à son mode vie. Il me fait partager ce qu'il aime et je vois cela comme une évidente preuve d'amour. Nous marchons dans le froid d'une journée d'hiver. Je marche avec à côté de moi l'homme de ma vie et je me sens forte et protégée. Comme si un ange m'avait prise sous son aile et m'avait ouvert les yeux sur la beauté cachée du monde qui m'entoure. Je regarde un vieux banc sur lequel des petits tas de neige s'y sont installés ? J'y vois l'élégance de la nature et de la vie. Le sol est partiellement blanchi avec de larges traces sales de chaussures qui le creusent, les toitures des maisons sont ensevelies sous la neige, les gens en grande majorité portent des anoraks noirs ou gris et pourtant, quand je regarde autour de moi, c'est la vie en rose que je reçois en pleine face. Je dois être dans un petit délire de l'amour pour adorer tout ce que je vois. Rayan qui marche près de moi, il est mon tableau grand art. Une toile ne pourrait mieux retranscrire la beauté de cet homme et tout son magnétisme. Le plus merveilleux c'est que je suis à ses côtés, dans cette aquarelle aux mille couleurs rosées. Malgré mon euphorie, j'ai les mains un peu gelées alors je les enfouies dans la poche de ma veste. Quelque chose m'empêche de poser ma main gauche à l'intérieur. Une petite boîte ? Intriguée, je la sors. Ce que je découvre est en train de me tétaniser. Je dois ressembler à une statue. Je crois même que si je n'arrive pas à reprendre mon souffle, je risque de mourir asphyxiée. Ou complètement gelée. Heureusement que Rayan est là et que sa voix me réveille de ma torpeur :

— Allez, me lance t-il en riant de me voir paralysée par l'émotion. Ouvre !

Un écrin. Et à l'intérieur une bague merveilleuse. L'émotion m'envahit. Je perds tous mes moyens. Cet événement est en train de me bouleverser entièrement, me privant de mots et de pensées. La charge émotionnelle est trop forte. La félicité donne des petits coups de pioche dans mon cœur pour venir s'y graver. Je suis encore sous le choc tandis que Rayan poursuit de sa belle voix grave en tenant mon menton d'un doigt pour fixer mon regard :

— Je voulais te demander en fiançailles mais peut-être que tu trouveras que c'est un peu tôt. Mais voilà, c'est que je t'aime vraiment, je suis bien avec toi. J'ai envie d'être avec toi, j'ai envie de me marier. Accepte-la.

Je ne reste pas pétrifiée plus longtemps. Une onde de ravissement se propage en moi. Une euphorie qui m'enchante et qui m'ordonne d'attraper la main de Rayan et de l'entraîner sans plus attendre dans notre chambre. Mon corps est en feu, mes pensées baignent dans un état de luxure et de plaisir des sens qui me font mal au cœur tant je suis impatiente de prouver à mon homme à quel point il me rend heureuse. Ma frénésie n'a d'égale que la puissance des bras de Rayan quand finalement nous arrivons et qu'il me jette sur le lit. Mais je ne me laisse pas faire, c'est à moi de prendre le dessus. Alors je le plaque à mon tour, je le déshabille avec frénésie et je m'occupe de lui. Il se laisse faire avec dans le regard une légère incompréhension car il a toujours pris son rôle de dominant très au sérieux. Mais je sens heureusement que son ravissement prend le pas sur son étonnement quand je pose ma bouche sur sa *chose*. Il est allongé sur le dos et je lui pose un coussin sous la nuque. Je m'accroupis ensuite en lui tournant le dos et je le laisse me pénétrer d'abord tout doucement. J'étire mon buste le long de ses jambes après avoir posé mes mains sur le lit. Je laisse mon bassin se secouer dans des mouvements circulaires de plus en plus violents. Il effleure mes fesses, il les chatouille en même temps puis il les frotte de plus en plus fort.

— Oh Romy, reste comme ça, j'adore !

Sa voix n'est plus qu'un murmure, un souffle passager qui câline mes oreilles. J'aime qu'il aime ça. Je sens son sexe encore enduit de ma salive s'agiter en moi. Le feu de l'action nous dévore tous les deux. Ma respiration devient haletante. Il explose en moi dans un cri de jouissance. J'hurle mon plaisir en même temps. Je relève mon bassin pour nous libérer et je me remets face contre lui. Nous échangeons un long regard tandis que nous restons immobiles, moites de bonheur. Ébranlée, frissonnante je lui murmure que je l'aime. Mon cœur bat vite. Il se blottit alors contre moi et il me dit :

— J'aime quand tu te lâches.

J'enfouis ma tête dans le creux de son épaule et je lui réponds :

— C'est parce que tu me donnes confiance en moi. J'aime ce que tu fais de moi.

Il lance un petit rire puis me dit d'un air taquin :

— Tu ne m'as toujours pas répondu au fait. Mais peut-être que je n'ai pas été très clair.

Je me mets à rire moi aussi. Mais mes gloussements s'arrêtent net quand je sens qu'il retire ma bague de mon doigt et qu'il me la pose à l'entrée de mon sexe. Sa voix n'est plus qu'un rauque de fièvre quand il ajoute :

— Je vais te frotter tout le corps avec. Pour bien qu'elle s'imprègne de ton odeur et de la mienne. Car nous sommes *un* maintenant, toi et moi.

Dans ses yeux qui ne me quittent pas, je ressens du libertinage et une débauche captivante. Je crois que je rougis. Pourtant nous avons passé le cap tous les deux depuis toutes nos nuits. L'effet qu'il me fait me surprend à chaque fois car il sait lui aussi m'éblouir de paillardise en pimentant tous nos instants. Comme je ne réponds toujours pas, mon souffle n'ayant pas encore atteint le top de la régularité, je ressens déjà une chaleur intense revenir par le biais de son doigt à l'entrée de mon sexe. Il stimule ma partie externe en faisant des rotations :

— Je vais écrire l'alphabet avec mon doigt. Dis-moi quelle voyelle tu préfères dans le OUI. Là je fais un O.

Son doigt fait des cercles et mon dos s'arque déjà de ses effets.

— Là c'est le U

Mon bien être est déjà total. Je sens que je ne vais pas tarder à rugir mon ravissement. Quand il me lance toujours dans un murmure que *Là c'est le I,* mon corps bascule plus fortement en arrière et ma tête se dandine. Je me mords le coin dodu de ma main pour ne pas crier. Quand sa langue prend la relève de ses doigts, je suis déjà partie dans la sphère du nirvana. Quand il met en pratique et sa main et sa bouche, il ne me faut pas plus de deux minutes pour brailler un oui ! qui aurait pu faire exploser les vitres tant la puissance de ma voix m'a semblé impressionnante. Mais Rayan en veut toujours plus. C'est pourquoi il est de nouveau en moi, brandissant son sexe comme un étendard de victoire, s'agitant, secouant, dansant tout en appuyant sur chaque coin de ma peau la bague de fiançailles. Il me semble que chaque pore de ma chair a été caressé par elle. Puis, une fois l'orgasme presque atteint, je le vois frotter violemment l'anneau contre ses parties tandis qu'il s'active de plus en plus en me criant :

— Dis moi oui Romy, dis moi oui !

Je le lui dis bien sûr dans un cri de satisfaction intense. Il m'embrasse alors, passionnément. Comme une reconnaissance pour ce plaisir que nous avons partagé. Je l'aime. Je suis émue. Rayan a un grand cœur, une générosité qui me fait craquer. Je veux m'abandonner à lui sans crainte car quand je le fais, je vois bien qu'il ne peut me faire que du bien. Mon amour pour lui me renverse et son amour pour moi me réjouit. Je me sens vivre, je me sens belle. C'est lui qui m'a fait respirer, comme une seconde naissance. La vraie, l'ultime. Plus rien n'a d'importance excepté lui. Les autres, tous les autres ont perdu pour moi tout leur intérêt. Je sais qu'il ne peut y avoir que lui pour moi sur cette terre. C'est lui ou personne. Avec lui je prends mon envol pour une vie meilleure, je me sens pousser des ailes qui m'aident à me surpasser même dans nos moments intimes. S'abandonner, je n'ai pu le faire qu'avec lui. J'adore l'entendre me dire des mots doux. J'en ai besoin, moi la Romy amoureuse de cet apollon extraordinaire qui m'a choisie pour compagne. Pour la vie. Je n'en reviens pas de ma chance. Je n'envisage d'ailleurs pas mon avenir sans lui. Pour moi tout est clair. Il *est* ma vie, mon futur, mon amant et mon meilleur ami. Je ne peux pas lutter contre la force de mes sentiments. Je l'aime. Je l'aime tellement.

***

Après une semaine de merveilleux, de sublime et de chaleur, il est temps de rentrer maintenant et de quitter ce New York enchanteur. Une semaine où tout a été nickel. Je suis toujours sur mon petit nuage, virevoltant parmi les Élus qui ne m'ont pas quittée un seul instant. Je suis sûre que si je me concentre un peu, je pourrais entendre le chœur des Anges me chatouiller l'âme. Prendre l'avion n'a jamais été un problème pour moi. Je trouve ce moyen de transport hyper confortable si on prend une bonne ligne. Je n'ai peur ni des soubresauts ni des appels d'air. Le seul truc qui m'inquiète c'est la phobie des terroristes. Après ce qui est arrivé aux Etats Unis, même si cela fait plusieurs années maintenant, j'ai toujours la boule au ventre en imaginant un mauvais scénario dans lequel je serais otage de leur bon vouloir. Je n'en ai parlé à personne car je trouve mon comportement ridicule devant cette frayeur. J'essaye de ne pas y penser, d'occulter les mauvaises ondes. Quand je m'assois dans le siège, je crois que ma phobie va s'envoler puisque Rayan est à côté de moi. Je me trompe évidemment. Une minute après je sens que je vais m'évanouir car je vois trois hommes barbus disposés à chaque coin de l'avion. J'ai très peur. Je ne veux pas que ma vie se termine alors qu'elle vient juste de commencer. Je me tourne vers Rayan mais il a déjà mis un casque sur les oreilles et je l'entends ronfler. Je dois essayer de ne pas me monter la tension en imaginant des scénarios catastrophes. Je dois me prouver que je n'ai rien d'une ado hystérique qui aboierait de frayeur devant des hommes barbus. J'essaie donc de penser à autre chose en mettant un film. Seulement la télé ne marche pas, l'écran ne marche pas : rien ne pourra me divertir durant ces huit heures de vol. Rayan va finir par exploser car je n'arrête pas de bouger, de me tordre dans tous les sens pour m'asseoir correctement. Je dois donner l'impression d'être assise sur un nid d'abeilles tant je tournicote sans jamais m'arrêter. Comme Rayan est déjà parti au pays des songes et que je n'ai rien d'autre à faire, je surveille les trois hommes. Je ne mange pas, je ne bois pas, je ne me lève pas. Je les surveille. Je chronomètre même le temps qu'ils passent aux toilettes car je les vois, tous les trois, faire des allers retours. C'est trop bizarre.

Je me retiens de demander au steward qui passe si c'est normal de rester autant de temps aux chiottes. Je crois que c'est juste parce que j'ai la bouche sèche que je ne lui pose pas la question. Je bouscule Rayan pour lui dire finalement que je vois l'un des hommes se mettre un foulard sur la tête. Rayan gesticule, me lance une œillade puis se retourne en me disant que je devrais arrêter l'alcool. Je suis en diagonale, cet homme au foulard ne voit que moi en fait. Quand il me surprend en train de focaliser sur lui, je suis sûre que je passe par toutes les couleurs. Je suis tellement malade d'inquiétude que j'ai du me déclencher quelque chose : j'ai hyper mal au ventre.

Finalement nous arrivons sans problème. Enfin.... Rayan en a tellement marre d'avoir écouté mes lamentations qu'une fois descendus et après lui avoir juste dit que j'étais heureuse d'être sur la terre ferme, il s'est mis à m'engueuler. Je crois qu'il a eu sa dose et que ma dernière réflexion a été la goutte d'eau. Il est si échauffé par ce qu'il appelle mes gamineries qu'il veut fracasser ces hommes :

— Tu sais quoi Romy ? Tu m'as gonflé pendant huit heures non stop avec eux. Je vais les taper. Je vais les tuer en fait comme ça au moins tu ne m'auras pas gonflé pour rien.

Naturellement je le retiens quand je le vois se précipiter vers l'un des hommes. Je m'excuse, je lui dis que je regrette. J'avais oublié à quel point il a le sang chaud. Je n'arrête pas de m'excuser sur le chemin du retour. J'essaie de lui expliquer ma phobie. J'aimerais juste qu'il comprenne que mon attitude, même si elle lui parait absurde, est un réel problème pour moi. Je ne peux m'empêcher de trembler dès que je prends l'avion. La vie nous a tant de fois rappelés à l'ordre avec tous ces attentats qu'il est logique maintenant de craindre quelque chose de mal. Rayan hoche la tête mais je vois bien que mes explications le laissent perplexe. Il vaut mieux que j'arrête de parler. De toute façon je me sens faible, mon corps est complètement déshydraté et pour couronner le tout j'ai du me déclencher une cystite tant j'ai mal au ventre. Une fois que Rayan m'a raccompagnée chez moi, je me retrouve seule sur le lit à me tordre de douleur. Tout ce stress accumulé durant le vol, la panique que j'ai créée dans mon cerveau m'a bloquée en quelque sorte. C'est infernal comme j'ai mal. Il faut que j'arrête de penser au pire et de me contracter à chaque fois que je prends l'avion.

***

4

Une semaine vient de se terminer. Rayan a *un peu* disparu. Je ne l'ai plus vu physiquement s'entend, même si nous nous envoyons des textos. Il a repris son travail de barman à Cannes, moi j'ai repris le mien. Il est difficile de se voir car je travaille le jour et lui la nuit. Je croise les doigts pour qu'il réussisse à avoir son dimanche et ainsi profiter d'une journée entière avec lui. Et d'une nuit complète. Nos rapports intenses me manquent. Je sens que mon corps réclame le sien à grands cris silencieux. Je me contiens pour ne pas le harceler de textos toutes les minutes. Je n'ai pas envie de me la jouer Gestapo Woman. Alors j'essaie de me montrer patiente. Nous somme samedi, je viens de finir le boulot et il est 13h45. J'en profite pour me rendre chez Maria et me faire les ongles.

Des ongles flambant neufs qui vont bientôt glisser sur son corps, le griffer un peu car il aime ça.

Je dois arrêter de penser à lui et me concentrer sur une discussion anodine avec Maria. Cela vaut mieux pour ma santé mentale sinon je risque d'effrayer mon amie en lui beuglant à quel point je suis excitée à la pensée de revoir bientôt l'amour de ma vie. Mais je me vois mal arborer l'étendard de mon bonheur devant sa vie actuellement un peu tristounette. Je ne veux pas qu'elle pense que je me vante de mon parfait épanouissement sexuel alors que de son côté c'est le calme plat. Après avoir parlé de tout et de rien, tandis que je sèche mes ongles et que le travail est donc presque terminé, voilà Maria qui lève un sourcil et me demande en souriant d'un petit air tranquille :

— Il faisait quoi Rayan mardi soir ?

Je n'aime pas du tout son sourire. Il est loin d'être amical. Je ne sais pas pourquoi son rictus me fait autant de peine ni pourquoi, subitement, je me mets en position défense. Je réussis à lui répondre avec un petit trémolo dans la voix :

— Ben... il bossait. Il a repris son job.

— Ah ouais ? Parce que tu vois je fais les ongles à Kathy, une amie d'une amie et elle m'a dit que ce soir là il était avec une fille qui est la copine de sa copine en fait. Et qu'ils sont partis à l'hôtel.

Subitement je me sens oppressée. J'éprouve de la difficulté à trouver de l'air. Je vais suffoquer si je n'arrive pas à me maîtriser. Je vais mourir, là, maintenant, sous ses yeux que je crois moqueurs. Je ne dois pas me laisser miner par la paranoïa. Rayan est incapable de me faire un mauvais tour. Il m'a demandée en mariage. Il m'a dit qu'il m'aimait. Il me l'a même prouvé. Tout ceci est un malentendu. Ou alors Maria est une vraie garce. Je n'oublie pas le rictus qu'elle a lancé avant de lâcher sa bombe. Elle sait à quel point je suis folle de Rayan et que de me laisser entendre qu'il me trompe risque de me torturer l'âme. Elle aurait du prendre des gants, amoindrir le choc au lieu de me balancer sa vérité avec autant de méchanceté. Elle doit être jalouse de mon couple. C'est vrai qu'elle, en ce moment, est seule. Elle vient de se faire larguer une nouvelle fois par son nouveau copain. Me voir heureuse doit la gaver. Sale garce ! Moi qui la croyais ma meilleure amie !

— T'es contente ? Tu m'as sorti une belle vacherie, tu es satisfaite j'imagine de ta prestation ?

— Romy, tu es mon amie et j'essaie juste de te dire la vérité.

— Quelle vérité ? Celle de la copine de la copine de l'une de tes copines ? C'est pas parce que toi tu t'es encore fait larguer et que tu es malheureuse que tu dois absolument trouver le moyen de me déstabiliser dans mon couple. C'est ce que tu recherches ?

Me faire pleurer parce que tu ne supportes pas de me savoir heureuse ?

— Romy écoute.... Je n'ai pas voulu gaffer.

— Tu n'es qu'une fausse bonne copine. Tu n'as fait aucune gaffe, tu as dit ça en savourant chacun de tes mots. C'est une attaque. Tu as voulu me plomber en fait.

— Bien sur que non, je dois te dire certaines choses même si cela risque de te blesser car entre meilleures amies on doit tout se dire.

— Je ne veux plus rien entendre. Imaginons une seconde que ce soit vrai, imaginons *juste une seconde* pour *te* faire plaisir, il y avait une autre façon de me l'annoncer que de sortir ça brusquement en souriant en plus ! C'est bon, je me casse. Merci pour les ongles. Mais pour le reste t'es vraiment une crevarde de jalouse !

Je suis à bout de nerfs en sortant de chez elle. Je suis bien placée pour savoir ce que vaut mon couple et ce n'est certainement pas ce que Maria vient de me laisser entendre. Les autres sont toujours rapides dans leurs commentaires et leurs conclusions absurdes, toujours à vouloir donner un avis ou une note sur ma relation. Elle ferait mieux de balayer d'abord devant sa porte, cette garce ! Je me répète que non, ce n'est pas possible. Rayan est incapable de faire ça. Il n'a aucune raison de le faire. Mais je dois en avoir le cœur net. J'essaie de l'avoir au téléphone et je lui raconte ce que je viens d'apprendre. Il nie tout en bloc et ajoute qu'il ne comprend pas comment je peux croire une chose pareille après ce que nous venons de vivre tous les deux à New York. Je me sens bête après coup d'avoir douté de lui. Je n'aime pas quand il me fait des reproches. En même temps je me dis que je n'aurais pas apprécié non plus qu'il doute de moi. Après cette explication, il devient distant puisque je reste deux semaines entières sans le voir. Plus aucun signe de vie. Ou alors en coup de vent, fulgurant, quand il me laisse des textos. Parfois il me téléphone. Il me dit qu'il a des problèmes avec son cousin et moi je gobe tout. Je m'inquiète pour lui. J'aimerais tant le soutenir durant ses moments difficiles. Je crois n'avoir jamais autant sangloté de ma vie. Car même si on réussit à se croiser au bout de quinze jours, notre relation va perdurer de la sorte durant les six prochains mois. Les seuls moments où je ne pleure pas c'est quand j'ai de ses nouvelles. Les rares fois où je le vois, mes seuls moments de bonheur, je revis. Quand il est avec moi, même si c'est pour un court laps de temps, il se donne tellement à fond, il est si prévenant, si amoureux, à mille, deux mille, trois mille pour cent impliqué dans notre relation, que je suis au bord de l'extase. Je le vois, je le touche, je l'entends, je profite au maximum de sa présence. Fulgurante. Un vrai courant d'air. Ces moments durent un jour ou deux tout au plus puis il disparait de nouveau. C'est horrible de vivre ça. Rayan se veut rassurant mais moi je n'en peux plus. C'est comme si tout le temps où il s'éclipsait sans nouvelles, j'étais privée d'oxygène. Quand je le vois, tout l'air revient et je peux respirer enfin. J'enrage de ne pas avoir le permis. Il est sur Cannes et moi sur Nice. Même si la distance n'est pas phénoménale entre les deux villes, nos horaires de boulot ne s'accordent pas. Naturellement j'ai tellement eu l'habitude de faire semblant avec Julien, que je rejoue la même scène devant mes parents. Surtout devant ma mère. Elle ne saura jamais rien de tout ce que je vis actuellement. De toutes les blessures émotionnelles que Rayan me fait subir. Mais au travail et devant mes copines, je suis devenue un véritable déchet. Car mon bonheur c'est lui. Quand il n'est pas dans les parages ou à m'envoyer des textos, je suis complètement détruite. Je sais que je peux véritablement mourir pour lui. On aurait été en temps de guerre, on m'aurait dit : « On le tue! », je me serais mise au milieu. Il meurt, je meurs. J'ai l'impression que tout est contre moi. Ce soir, je me suis enfermée dans ma salle de bain. Cela fait cinq jours que je n'ai plus de nouvelles de Rayan. Je me mets à pleurer et même à hurler. Je fulmine tant et si bien que j'ai l'impression que mes larmes arrachent la peau de mon visage. Je crie à mon père décédé, à Dieu, à qui veut bien m'entendre : « *Laissez-moi tranquille ! Laissez-moi tranquille ! J'ai besoin de lui, je ne veux rien d'autre que lui* ». Je suis en loques. Cette dépendance irraisonnée m'isole de l'extérieur. Mon sentiment de tristesse permanent me replie sur moi même. Je n'apprécie plus la vie sans lui, je n'ai envie de rien sans lui. Cette relation me détruit, j'en ai bien conscience mais je ne peux rien contre cette passion qui me dévore. Je l'ai dans la peau. Je le revois, j'entends de nouveau sa voix quand il m'a dit la dernière fois avec tellement de fougue :

— Tu me rends dingue Romy. Dès que je te vois, j'ai envie de te sauter dessus.

Rien ne peut rivaliser avec sa présence. Je veux être avec lui. Je tremble comme une feuille au seul souvenir de sa voix, de ses yeux, de ses bras qui m'enserrent, du souvenir de sa peau contre la mienne. Une telle intensité dans l'amour ne peut pas s'éteindre. Il a une emprise totale sur moi. Il dirige mes pensées. Cet état me dévore, j'oublie même de manger, je ne pense qu'à lui. Je sais qu'il a des défauts, mais je m'en fous en fait. Il a des problèmes en ce moment. Il doit souffrir lui aussi de son côté. Comment lui en vouloir ? Je parle toujours de lui, je le mets toujours en avant. Peu importe ce qu'il dit ou ce qu'il fait, je le trouve parfait. Il faut juste que je sois assez patiente pour attendre que ses problèmes se règlent et ensuite... Il sera tout à moi. J'ai perdu dix kilos. C'est à ce moment là que Delphine, une autre copine, me prend sous son aile. Elle me prépare des salades et elle attend que je les mange devant elle.

— Voyons Romy, me dit-elle gentiment, une relation amoureuse c'est pour t'épanouir et pas te détruire. C'est de la folie furieuse de réagir comme tu le fais. Tu ne ris plus, tu ne sors plus, tu ne vis plus. Ça ne peut pas continuer comme ça.

— Tout va s'arranger, je réussis à lui répondre après avoir difficilement avalé un morceau de tomate. Je dois juste me montrer un tout petit peu plus patiente. S'il ne m'aimait pas, il m'aurait quittée depuis longtemps. Et je t'assure que quand je le vois, même une fois dans le mois, il est si attentif au moindre de mes désirs que je ne peux que l'aimer davantage. Il m'a dit qu'il avait des problèmes en ce moment, que c'était compliqué et il m'a demandé d'attendre un peu que tout se décante.

— C'est quoi ses problèmes ? Qu'est ce qui est compliqué ?

— Je ne sais pas, il ne m'a rien dit.

— Et toi tu ne lui poses aucune question ?

— Il n'aime pas parler de ses ennuis. Et puis quand il est là, il est tout à moi.

— Et ça dure depuis combien de temps tout ça ?

— Ça va faire six mois.

— Romy, ton cœur a pris la place de ton cerveau, c'est lui qui te dirige.

— Je n'y peux rien. Quand il part, il emporte ma vie avec lui.

— Ouais je vois ça. Des séparations tragiques, des retrouvailles brûlantes. Il t'hypnotise en fait, tu es accro. Je n'aime pas te voir comme ça.

— Je m'en fous. Je m'en fous de ce que vous pensez tous !

— Arrête tes âneries ! Reprends-toi enfin! Tu me fais peur.

C'est vrai que je vibre d'amour, de plaisir et d'admiration quand il est avec moi. Mais est-ce bon pour moi de vivre de déprime, de souffrance et de détresse quand il n'est pas là ? Le téléphone sonne :

— Bonjour ma chérie, on va se voir aujourd'hui. En fait je t'emmène dans mon nouvel appartement.

Sa voix chaude se veut rassurante. Il est vrai que je vibre au son de sa voix. Mais je suis épuisée.

***

L'appartement est superbement décoré. Tout est clair. La lumière y pénètre dans tous les recoins. Une superbe terrasse avec vue sur la piscine réservée aux personnes de l'immeuble complète cette petite merveille des yeux. Les peintures ont été refaites, un blanc éclatant.

— Alors, ça te plaît ?

La voix de Rayan me sort de ma torpeur. Et je ne sais vraiment pas quoi lui répondre.

— C'est un ami qui me l'a prêté, continue t-il, le temps que j'en trouve un bien à moi.

Mes yeux refont le tour du salon. Tout est vraiment propre. Cependant, j'avais déjà ressenti un profond malaise en entrant dans l'appartement. C'est tellement irrationnel de se trouver mal dans un si beau décor que j'ai mis ma sensation sur le dos de ma contrariété. Celle qui ne me quitte plus quand Rayan est loin de moi et qu'il me laisse sans nouvelles. Mais Rayan est là devant moi. Je devrais, logiquement, me sentir bien. Je ne vais pas, une nouvelle fois, me laisser dominer par mes délires en imaginant cet appartement hanté par des êtres maléfiques qui en voudraient à ma vie, tapis derrière chaque mur, attendant de me savoir seule pour me sauter à la gorge. C'est tellement ridicule de me sentir comme dans un Amytiville angoissant. Ça l'est encore plus de ne pas savoir pourquoi je vibre d'une manière négative dans ce lieu pourtant neuf et luxueux. Je vois mal des légions venir prendre possession de mon âme mais tout de même... il y a un petit quelque chose. Comme pour me signaler que cet endroit veut me faire du mal. Dire ça à Rayan c'est le voir s'enfuir à l'autre bout du pays tant je l'aurais effrayé. Ou bien il serait capable de me jeter dehors en me traitant de folle furieuse. De cela, je ne pourrai pas lui en vouloir car je sais bien que je suis insensée de penser de telles choses. Grotesque. Je suis grotesque. Bon, je dois me calmer.

Il dépose sa veste sur le sofa puis se dirige dans la cuisine ouverte pour nous préparer un café. Comment lui faire comprendre que je me sens mal dans ce lieu si agréable à première vue ? Il faudrait déjà que je comprenne moi même d'où me vient cette sensation d'étouffement.

— Alors, tu en penses quoi ?

— Il est très beau mais...

— Mais quoi ? Qu'est ce qu'il y a encore ?

— De toute façon, ce n'est pas chez toi.

— Non en effet mais je vais en chercher un semblable, je le trouve vachement bien décoré. Ça va me donner des idées. Tu le trouves comment ?

Son insistance me prie de répondre au plus vite. Avec franchise.

— Je ne sais pas... Il est beau mais je ne sais pas comment l'expliquer, je m'y sens... un peu mal.

Mon hésitation et ensuite ce que je dis le met de suite de très mauvaise humeur :

— T'es jamais contente toi finalement. Et tu me soules grave. T'arrêtes pas de me dire qu'on ne se voit pas assez, là je te dis que maintenant on va pouvoir se voir plus souvent car j'ai un pied à terre et toi tu dis quoi ? Que là où je vis ne te convient pas?

— Ce que je veux dire...

— ... c'est que tu es une capricieuse. Tu t'attendais à quoi, à une villa sur les hauteurs de Nice avec sol marbré et piscine intégrée dans le salon ?

— Mais non, je veux dire...

— Tu sais quoi, je m'attendais à une autre réaction. Franchement, c'est pas cool.

— Pardon, je suis désolée. Je suis contente que tu aies un appartement et je suis très heureuse de pouvoir te voir plus souvent. Je crois que je suis juste un peu étonnée. Je ne m'attendais pas à un tel luxe. C'est... magnifique. Je voulais juste dire que c'est tellement beau que j'ai peur de casser quelque chose.

— Toi alors, t'es une vraie casse couille, répond-il en souriant. Je voulais pas t'envoyer balader mais là vraiment tu m'as gonflé.

— Je sais. Je me suis mal exprimé.

— Bon, tu auras le double des clés.

— Où sont les toilettes ?

Il m'indique du doigt le fond du hall. Je m'y dirige avec la boule au ventre. Je ne me sens pas bien du tout. En fait, j'ai cette sensation diffuse de ne pas être *chez moi*. Je me trouve ridicule car ce n'est pas cela dont il est question : évidemment que je ne suis pas chez moi. Ce n'est même pas le *chez moi* de Rayan, alors qu'est ce qu'il m'arrive ? Mon homme est là et je dois profiter de lui au maximum. Pour une fois qu'il s'est arrêté de courir et que nous sommes finalement ensemble. Je ne dois pas me poser la question de savoir pour combien de temps. Si je me montre anxieuse et déprimée, il n'aura plus envie de me voir. Je dois faire un effort. Une fois arrivée dans la salle de bain, j'ai bien l'intention de m'asperger le visage d'eau fraîche pour me remettre les idées en place. C'est au moment où je réussis presque à reprendre mes esprits que j'aperçois sur le rebord de l'évier deux boucles d'oreilles. En or. Le « Guess » scintille comme pour me narguer. Un goût amer se répand dans ma bouche tandis que je l'ouvre pleinement. En une seconde, je redeviens la jeune femme vulnérable sujette à une terrible jalousie : une autre femme est passée par là. J'ai l'impression d'avoir été prise pour une idiote, d'avoir trop idéalisé Rayan alors que lui... peut-il vraiment agir ainsi ? Mais mon cerveau se refuse à tomber dans le piège grossier de mon imagination. Si je suis capable de me croire dans l'antre de l'enfer dans un appartement, je suis bien capable d'échafauder tout un galimatias d'absurdités imaginatives qui n'ont pas lieu d'être. Après tout, ce n'est pas l'appartement de Rayan.

— Qu'est ce que tu as ? T'es paralysée ?

La voix de Rayan me sort de mon apathie. C'est à ce moment que je sens une larme venir me titiller le bord des yeux.

— Mais qu'est ce que tu as ?

Je tourne mon regard vers les boucles.

— Oh ça ! répond-il tranquillement en m'entourant de ses bras. Elles te plaisent ? Je peux t'en offrir de plus belles

Je le repousse doucement car je suis vidée de toute force. Je n'ai même pas de colère. Je suis simplement abattue.

— Ce sont des boucles de femme, je dis dans un soupir.

— Ben oui, tu me vois porter ça ?

— Elles sont à qui ?

— Elles sont à ma cousine, répond-il dans un soupir aussi mais avec une teinte plus féroce. Tu le sais qu'elle vient faire le ménage, tu l'as déjà vue en plus ! Elle les a oubliées.

— Je ne vois pas pourquoi on enlèverait ses boucles pour faire le ménage.

— J'en sais rien moi, ça devait la gratter. Bon sang Romy mais... tu me fais une petite crise de jalousie ?

Il se met à rire comme si la scène était l'apothéose d'un sketch. Est ce que je ne serai pas un peu folle ? Follement amoureuse oui. Qu'est ce que l'amour ? D'où vient-il ? Comment peut-il faire basculer toute une vie ?

— Rayan, arrête de te moquer de moi.

— Non mais sérieux, si tu crois que je te trompe, je serai vraiment débile de laisser traîner derrière moi de telles preuves. Si encore t'avais découvert un string alors là ok je pourrais comprendre que tu te poses des questions mais ce sont les putains de boucles d'oreille de ma cousine ! Tu crois que je te trompe ? C'est donc ça ce que tu penses de moi ?

— Je ne sais plus où j'en suis. Tu es absent si souvent. Tu ne me donnes plus de nouvelle et puis tu réapparais. Pour disparaître de nouveau.

— Je t'ai dit que j'avais quelques problèmes à régler. C'est compliqué et je ne veux pas te mêler à tout ce bordel qu'il y a dans ma vie actuellement.

— Mais tu peux tout me dire. Si tu as des ennuis, je peux peut-être t'aider. Tu n'as pas confiance en moi ?

— C'est la meilleure celle là ! C'est toi qui n'a pas confiance en moi. Je suis bien avec toi Romy, tu es à moi et je suis heureux de t'avoir dans ma vie. Mais ne me demande pas de te mêler à mes soucis. Quand je te vois, je les oublie.

— Ça va durer combien de temps tout ça ?

— Ça va aller. Je te promets que bientôt ça ira mieux. Et toi promets moi de ne pas douter de moi avec tellement de facilité que je me demande si tu m'aimes vraiment.

— Comment tu peux dire ça ?

— Regarde-toi ! Tu vois des bijoux et tu en conclues de suite qu'ils appartiennent forcément à l'une de mes conquêtes. Tu te rends compte de la peine que tu me fais ?

— Je te demande pardon, je ne voulais pas te blesser.

— Tu sais que Sarah vient faire le ménage. Tu le sais et pourtant tu n'as pas pensé à elle une seconde, tu as sauté sur une autre conclusion. Et pas en ma faveur. C'est donc ça ce que je t'inspire? Un mec qui se complait dans des complots ?

— Il faut dire que tu as toujours été volage.

— Comme tous les célibataires, hommes ou femmes ! Mais maintenant je ne suis plus un cœur à prendre. Je t'ai toi. On n'est pas bien tous les deux? Mes problèmes actuels vont s'arranger. Sois patiente.

— Tu ne devrais pas garder tout pour toi. Je t'aime et je me sens inutile. Nous pouvons discuter de tes problèmes. Je peux comprendre et je ne porte aucun jugement. J'aimerais juste que tu me parles de ce qui ne va pas.

— Je dois tenter de résoudre mes problèmes tout seul. Je ne veux pas t'ennuyer avec tout ça. Allez viens, on va boire le café, il est prêt.

— Comment peux-tu penser que cela pourrait m'ennuyer ou me déranger ? En agissant comme tu le fais, en gardant tout pour toi, en me mettant à l'écart de tes soucis, tu prends de la distance vis à vis de moi. C'est comme si notre couple tenait la dernière place dans tes priorités.

— Romy arrête avec ça ! Je traverse un moment difficile ok ? Arrête de vouloir sans cesse me manipuler avec ta curiosité. Je n'ai pas envie d'en parler. Tu te rends compte quand même que tu es en train de gâcher notre journée ! Tu te plains de ne pas me voir assez mais là je suis là. Et je suis là pour toi. Dis le moi franchement si tu n'as pas envie de passer du temps avec moi. Mais si c'est ça, alors je ne comprends plus rien.

— Mais arrête de te braquer à chaque fois que j'essaie de comprendre.

— Toi quand tu as des problèmes, tu fais le tour de toutes tes copines pour aller leur raconter, moi c'est différent. J'ai besoin d'être tranquille pour me relaxer et pas d'entrer en conflits à chaque fois que je te vois. J'ai assez de soucis actuellement et je suis toujours heureux de pouvoir me libérer pour passer du temps avec toi. Mais toi tu m'humilies sans cesse en me croyant incapable de trouver par moi-même des solutions à mes problèmes. Arrête de me faire tes crises. Tu devrais avoir un peu confiance en moi. Je n'ai besoin de la pitié de personne. J'assume ma vie comme un homme. Je suis suffisamment fort. Alors arrête de me sous estimer.

— Je te proposais juste un peu de réconfort.

— Montre-moi plutôt que tu me sais capable de trouver des solutions tout seul. Je n'aime pas me plaindre. Alors arrête de me mettre la pression.

— Rayan écoute moi...

— Parce que toi tu m'écoutes peut-être ? Je te demande de me foutre la paix. Je n'ai pas besoin d'une mère qui me fait des reproches sur ma façon de vivre. Ou tu m'acceptes tel que je suis ou tu ne m'acceptes pas. Et si tu ne m'acceptes pas et bien, je me demande vraiment ce que nous faisons ensemble.

La peur revient. Je sens mon estomac se nouer. Je l'aime tellement. Je culpabilise. Je suis en train de gâcher nos retrouvailles. En fait, je ne dois pas m'inquiéter pour nous. C'est gentil en fait de ne pas vouloir me mêler à ses soucis. Sans doute suis-je trop indiscrète. Je suis désarmée devant sa colère mais je crois que je commence à comprendre. Si je le bouscule encore, il va rentrer dans sa coquille. J'ai saisi le sens des propos qu'il n'a pas voulu me tenir. En gros qu'est ce qu'il me dit ? : « *Je ne suis pas faible, je peux m'en sortir tout seul.* » Je n'ai pas envie de disserter sur ce que je viens de réaliser par rapport à son silence. Tout ce qu'il attend de moi c'est du respect ? Ok.

— J'ai confiance en toi Rayan. Je t'aime aussi pour ta force de caractère. Tu m'épates en fait. Tu es si courageux.

Ma voix tremblote un peu en disant cela car je sais que je me mens à moi même. Je pense ce que je lui dis. Mais j'omets d'entrer dans les détails de toutes mes pensées. Je reste persuadée qu'il pourrait m'inclure un peu plus dans sa vie. Réaliser que dans un couple nous sommes deux et qu'à deux on est bien plus fort. Mais si je me lance dans ce débat... je vais encore l'énerver. Je me félicite de mes paroles car le visage de Rayan, un tantinet crispé il y encore quelques secondes, se transforme dans un sourire éclatant.

— Je t'aime aussi, répond-il avec dans le regard le scintillement du désir qui me procure une douce chaleur.

Je crois tout ce qu'il me dit. Je ne veux pas l'enlever de ma vie. Il s'approche alors de moi et m'ouvre les jambes. Il fait courir ses doigts et sa bouche sur mes cuisses. Il suspend ses doigts pendant qu'il m'arrache ma chemise puis les repose au hasard sur mon ventre, le dos. Ma peau s'affole déjà, alors que je les sens se diriger un peu plus bas. Mon corps flotte. Je ne pense plus qu'au bonheur d'être dans ses bras. Il attrape mes hanches et me pénètre doucement puis plus franchement. Son appétit est toujours aussi vorace et le mien l'est tout autant. J'adore le grain de sa peau, je me régale de son odeur. Jamais je ne pourrai me lasser de tout ce bien-être qu'il me procure dès qu'il me touche. Il est en train de jouer avec mes seins puis fait redescendre ses doigts vers ma culotte. Il tire sur le string. Quand il commence à caresser mon clitoris, j'ai déjà emprunté le chemin de la volupté. Mon homme sait y faire. Il est un amant redoutable. Il me prend la main pour que je le caresse aussi. Il s'accroche à moi de plus en plus tout en me poussant vers le mur. Nos langues restent scotchées. C'est un flot de baisers enivrants. Je tâte ses pectoraux comme une forcenée. J'aime tellement son corps ! Je ne réussirai jamais à me décrocher de lui. Rayan prend le contrôle de mon plaisir et c'est le pied ! Mes râles le confirment : je suis folle de cet homme.

***

Deux semaines après, je n'ai toujours pas les clés de son appartement. De temps en temps, il est venu me chercher et nous avons passé la soirée « *chez lui* » à nous dévorer, nous lançant toujours dans des scènes érotiques qui me font toujours autant planer. Ce soir, nous sommes chez moi. Étrangement, nous allons rester dix jours ensemble. Cependant tout n'est pas très rose. La sensation d'étouffement est revenue. Même avec mon homme à mes côtés, tout me parait sombre. Durant ces dix jours, pas une seule fois nous avons dormi dans ma chambre. Nous sommes restés sur le canapé du salon. Ce soir encore, j'essaie de découvrir ce qui ne va pas chez moi. Car cette fois ci je suis exaucée : il ne m'a pas quittée pour aller Dieu sait où. Cependant, lui aussi est différent. Nous faisons toujours l'amour avec passion. Mes petits papillons sont revenus me chatouiller le ventre, mon cœur est empli de lui et mon incertitude, alliée à ma jalousie quand il est loin de moi, devraient être endormis. Mais j'ai un violent besoin de parler. Refouler mes sensations ne m'a jamais vraiment réussi. Au fond de moi, je sais que je ne suis pas satisfaite. Je ressens comme un grand vide. Je me sens coupable d'aller mal. Sans doute que cela doit être lié à mon enfance : mon manque d'estime doit venir de là. Il faudrait peut être que j'aille me faire psychanalyser pour que l'on m'explique les raisons tristes de mes raisonnements moroses. Ma cousine a toujours été l'exemple à suivre. Aussi loin que je me souvienne, tous les regards étaient fixés sur elle. Moi, ma famille ne m'a jamais regardée avec autant de bienveillance et de fierté. Ce douloureux ressenti a laissé des cicatrices forcément. À l'heure actuelle, sans doute que je recherche ce regard qui m'a toujours manqué. Et Rayan, malgré sa présence, ne me comble pas tout à fait, voilà la vérité. Notre situation me pèse. Voilà pourquoi je vois tout sombre. Mais lui en parler va le faire fuir. Il a assez de problèmes dans sa vie sans que mes petits piments de mécontentement ajoutent encore plus de malaise. Je ne devrais pas repousser le stress ou lutter contre l'angoisse. Il faudrait juste que je comprenne ce qui m'arrive : une peur glaçante. Rayan ne pourra pas comprendre. Il va encore me reprocher de me plaindre alors qu'il est présent, comme je lui ai toujours demandé de l'être. Pendant que Rayan surfe sur le net, je le regarde et mes yeux sont emplis de tant d'amour que j'ai envie de pleurer. J'essaie de me calmer car je vois bien qu'une crise d'anxiété est en train de venir me bousiller ce moment présent où *tout va bien*. Est ce une mauvaise chose de vouloir être heureuse à tout prix ?

— Cela ne t'ennuie pas de me faire un télépéage ?

La voix de Rayan retentit, chantante et adorable. J'oublie immédiatement mon mal être pour entrer rapidement dans la phase idolâtrie.

— Là pour moi c'est compliqué, continue t-il en me lançant une œillade, je n'ai pas ma carte d'identité mais ne t'inquiète pas, je te fais un virement tous les mois. C'est moi qui le paye.

Sa demande est tout à fait faisable. De toute façon, je vais m'inscrire au permis. Et un télépéage, c'est toujours bon à prendre.

— Allez, il est l'heure que tu ailles bosser Romy. Je passe te prendre durant ta coupure. C'est quand ?

— J'ai juste une heure de coupure entre 14 heures et 15 heures.

— Parfait. Je viendrai te chercher. On ira à la poste, j'ai un truc à faire là bas.

***

Ce soir, Maria m'a invitée à manger chez elle, histoire de faire la paix sans doute. De toute façon, je n'arrive plus à lui en vouloir. Je sais à quel point je peux être tendue quand je pense que l'on essaie de critiquer ma relation avec l'homme que j'aime. Maria s'est excusée d'avoir parlé trop vite. Je lui ai pardonné tout aussi rapidement. Je vais essayer de me la jouer cool pour ne pas qu'elle se mette à douter de la force de mes sentiments. Tant qu'elle gardera pour elle ses commentaires disgracieux sur le comportement hypothétique de mon homme, je pense que notre amitié pourra être sauvée. Je me refuse à me coltiner une amie jalouse de mon bonheur. Cependant, j'ai besoin de conseils. Et c'est toujours à elle que je pense quand j'ai envie de me confier.

— Contente de te revoir Romy, me dit-elle gentiment. Allez entre. J'ai des tas de choses à te raconter.

Les histoires mouvementées de Maria avec les mecs me confortent dans l'idée que ma vie amoureuse est peut-être compliquée mais elle est loin de ressembler à la sienne. Moi au moins j'ai un homme qui m'aime à mes côtés.

— Les hommes viennent vraiment d'une autre planète.

J'hoche la tête, tout à fait d'accord avec son commentaire. C'est le moment pour moi de pénétrer dans la fente qu'elle vient d'ouvrir pour lui ouvrir mon cœur sur un sujet que je n'ai toujours pas compris.

— Tu parlais beaucoup avec tes copains ? je lui demande très intéressée.

— Beaucoup beaucoup, n'exagérons rien ! Si je voulais entendre le son de leur voix, il fallait que je trouve un sujet qui les intéressait, genre le sport, les voitures et ses potes. Tu parles de communication dans le couple ? Rayan te parle ?

— Ben oui, on passe pas notre temps à nous sauter dessus.

Elle se met à rire gentiment en me prenant la main. C'est elle qui me fait toujours les ongles. J'ai opté aujourd'hui pour un rouge sang avec un cœur en paillette sur l'annulaire gauche. Tandis qu'elle commence les préparatifs sur mes ongles, je décide de me lancer :

— En fait, avec Rayan, je n'arrive pas à lui faire comprendre qu'il peut me parler de tout, de sa vie et même de ses ennuis. Mais concernant ce dernier point, il ne m'a toujours rien dit. Je ne sais pas ce qui le préoccupe tant en ce moment. Il ne veut jamais en parler. Il se ferme à toute discussion concernant ses problèmes.

— Il fait partie de cette catégorie d'hommes qui se renferment sur eux en tentant de tout résoudre tout seul alors ? Ça ne m'étonne pas de lui. C'est l'impression qu'il donne.

— C'est-à-dire ?

— Il est confiant et sûr de lui. Peut-être qu'en se livrant à des confidences, il se sentirait un peu amoindri.

— C'est ridicule.

— Mais c'est ainsi. Tu oublies que les hommes le plus souvent n'aiment pas montrer leurs faiblesses. Et Rayan, certainement pas.

— Tu penses qu'il me cache des choses parce qu'il ne veut pas que je le trouve faible ?

— Sans doute oui. Sinon à part ça, tout va bien dans ton couple ?

— Oui ça va. Nous avons passé dix jours ensemble. Chez moi. Il est resté avec moi tout ce temps !
Moi-même ça m'étonne.

— Tant mieux si tout va bien. Je suis heureuse pour toi.

— En fait, peut être que le problème vient de moi. Je veux le forcer à me parler. Mais... je suis sa copine. Je suis même sa fiancée. Je ne suis pas la première venue. Il pourrait se confier. Il n'en a pas envie.

— Il traverse un moment difficile, c'est bien que tu sois là pour lui.

— Mais là ça fait trois jours qu'il est reparti et je n'ai plus aucune nouvelle. Et ce n'est pas la première fois. C'est comme ça tout le temps en fait. Il part et il revient. Mais on se textote toujours. Là au contraire, silence radio. Je ne sais pas où il est, je ne sais pas ce qu'il fait. J'ai même appelé à son boulot mais on m'a répondu que hier il ne s'est pas présenté au bar. Je rappellerai ce soir.

— Tu ne devrais pas te montrer aussi collante, laisse le respirer.

— C'est la meilleure celle là ! Je vis avec une ombre. Et je le laisse libre. De venir me voir ou pas. De me parler ou pas. Mais ça commence à me peser de ne rien savoir. Quand il est resté avec moi durant ces quinze jours, c'est comme si on se cachait. On n'est pas sorti, on n'a vu personne.

— Tu es super patiente.

— Je ne savais pas que c'était aussi compliqué et aussi douloureux d'aimer.

— Ne t'énerve pas si je te dis un truc. C'est juste pour parler. Mais je te vois si mal que ça m'ennuie de ne rien te dire. Après tu fais comme tu veux, je ne sais pas si je suis de bon conseil de toute façon parce que moi et les mecs... c'est compliqué aussi.

— Vas y parle.

— Tu ne crois pas que la ligne rouge est franchie déjà ? Tu t'oublies complètement, tu t'es perdue de vue en cours de route depuis que tu le connais.

— Ça veut dire quoi ?

— Tout tourne autour de lui. J'ai l'impression que tu oublies tes gouts, tes envies, tes rêves aussi. Seul Rayan compte dans ta relation.

— Je ne vais pas m'énerver car là tu as raison. J'ai bien conscience d'un dysfonctionnement dans notre couple. Même quand je le vois, j'ai le ventre noué. Je crois que l'espoir de le voir changer a disparu. Je me dis aussi que...

— Quoi ?

Je me sens bête de ressentir ça mais *être mal aimée c'est douloureusement ce que je pense mériter. Penser aussi que l'amour doit faire mal.*

Il vaut mieux que je me taise et que je conserve un visage neutre de tout mécontentement. De toute façon la tristesse m'empoigne aujourd'hui. Cette sensation désagréable ne veut plus me lâcher.

— En fait non, rien ne va. Je suis en colère. J'en ai marre de faire comme si tout allait bien. Je me rends malade à force de pratiquer cette mauvaise habitude que j'ai depuis longtemps : la pratique malsaine d'un bonheur feint.

— Si tu es triste, dis-le ! Et vis ta tristesse sans la cacher ! C'est quoi exactement qui te fait souffrir ? Qu'est ce qui te dérange ? Qu'est ce qui te met en colère ?

— Rayan !

— Tu es privée de sa présence et l'ampleur de ta tristesse dépend de la valeur que tu accordes à cet homme. Tu lui accordes beaucoup de valeur non ?

— Évidemment, je l'aime !

— Laisse toi aller, ça fait du bien de pleurer, ça soulage. C'est bien de ne plus garder la tristesse en toi. Pleure, on se sent toujours mieux après un gros chagrin.

Mon cerveau doit prendre le relais de mon cœur affolé. Rayan me délaisse de nouveau et c'est vraiment un acte impardonnable. Je commence peu à peu à retrouver la raison. C'est vraiment la présence de Rayan qui perturbe tous mes sens. Même la logique d'un bon raisonnement : il me laisse sans nouvelles et je dois accepter ça ? Qu'il garde ses ennuis pour lui, je ne lui demande rien. Alors, il devrait logiquement me traiter avec un peu plus d'amour et de respect. Il devrait me dire où il est au lieu de me laisser sans nouvelles. Un petit air de révolte commence à faire son petit chemin en moi. La sonnerie de mon téléphone me fait sursauter. Je regarde discrètement de qui provient l'appel.

Numéro masqué.

Je fronce les sourcils en soupirant et je ne réponds pas. De toute façon, en règle générale, je pars du principe qu'une personne qui a mon numéro ne doit pas se cacher. Si c'est une personne que je ne connais pas, je n'ai rien à lui dire ou à écouter. La sonnerie s'arrête. Je me tourne un tas de films dans ma tête dont le principal est mon souci constant qu'il ne soit rien arrivé de mal à Rayan. Malgré ma colère contre sa façon d'être avec moi, il reste l'amour de ma vie. L'homme que je désire le plus au monde. Je veux me marier avec lui. Je veux porter ses enfants.

La sonnerie retentit de nouveau.

Numéro masqué.

L'inquiétude me frappe et je ressens mes nerfs se contracter. Je sais que je *dois* répondre.

— Allô ?

— Ici le commissariat de Nice avenue Foch. Vous êtes mademoiselle Romy Veran ?

— Oui, je réponds d'une petite voix méfiante et soucieuse en même temps.

— Pourriez-vous venir au commissariat à 14 h ?

— C'est à quel sujet ?

— C'est au sujet *d'une affaire vous concernant*. Le commandant Raymon compte sur votre présence à 14h. Veuillez vous munir d'une pièce d'identité. Merci bonne journée.

Je reste les yeux dans le vague avec mon téléphone qui s'éteint. Bon sang, je n'ai presque plus de batterie. Je ne comprends pas bien ce qui vient de se passer. Qui m'a appelée ? Et pourquoi ?

— C'est une blague ? je réussis à dire après une minute de paralysie. C'est quoi une affaire me concernant ? Je vais rappeler pour qu'il soit plus clair.

— C'était qui ? me demande Maria innocemment.

— Le commissariat. Ils veulent que j'y aille à 14 heures pour une affaire me concernant. Je ne comprends pas.

— Oh, tu auras beau appeler, ils ne t'expliqueront pas davantage. C'est quoi le problème ?

— Je n'ai pas de problèmes, je n'ai aucun problème ! je lui crie en me levant.

C'est effarant comme je suis devenue nerveuse depuis quelques temps. Un rien m'agace. Même Maria devant moi qui a une petite vie bien tranquille tandis que moi je me débats quotidiennement dans des sables mouvants.

— Je vais y aller. Tout de suite. S'ils croient que je vais attendre 14 heures pour *une affaire me concernant* !

— Attends au moins de finir tes ongles. Il reste l'autre main !

***

— C'est une erreur certainement. Ou une mauvaise blague car non mademoiselle, je ne vois pas dans mes notes le moindre rendez-vous vous concernant.

L'agent de l'accueil est très aimable mais bon sang, j'ai envie de lui crier dessus, de me jeter sur lui et de le griffer de mes ongles neufs rouge sang. Je ressens simplement le besoin de faire exploser ma colère et toute mon angoisse. Mais je me réfrène. Après tout, je suis dans un commissariat. Crier sur un policier est passible de sanctions. Le brutaliser, et je vais me retrouver dans une cage fermée à double tour. Et puis je dois me montrer raisonnable. Car après tout, l'agent n'est pas responsable de cette *erreur* ou de cette *mauvaise blague*. Je ne vois pas dans mes connaissances qui aurait pu avoir l'idée stupide de me faire ce genre de farce. Mes amis aiment plaisanter mais pas de cette façon. Ou alors je les connais vraiment mal. Je n'ai pas non plus d'ennemis acharnés à me faire transpirer de frayeur. Donc je ne vois pas bien l'intérêt de cette odieuse manipulation. Je quitte le commissariat avec une boule de nerfs coincée dans ma gorge. Tout mon corps se détend après de multiples soubresauts nerveux. Il faut être vraiment débile pour vouloir me faire peur. Ok, on m'a fait une blague. Cela me rassure, même si je ne vois aucun humour là dedans. Quand je rentre chez moi, je suis à peu près calmée. Même si je n'attends que le fait de me jeter sur le canapé pour appeler tous mes contacts et dénicher le responsable de cette arnaque. Il ou elle va m'entendre ! Alors que je me saisis de mon portable, voilà qu'il se met à sonner de nouveau.

Numéro masqué.

C'est pas vrai, je suis harcelée par un maniaque ! Il ne manquait plus que ça dans ma vie agitée. Je ne suis pas assez ébranlée ? Il faut que la vie en rajoute une couche ? Je vais y retourner, dans ce fichu commissariat, pour porter plainte. Mais avant, je décroche. Juste pour voir.

— Mademoiselle Véran ?

— Qui êtes vous ?

— Vous êtes bien mademoiselle Véran ?

Là j'ai plusieurs options :

  1) Je raccroche.

  2) Je dis non et je raccroche.

  3) Je dis oui.

La troisième solution a été acceptée par mon cerveau avant que je ne puisse réfléchir un minimum.

— Désolé mademoiselle, ici le commissariat de Nice avenue Foch. Nous nous sommes vus il y a un quart d'heure et vous avez bien rendez-vous avec le commandant Raymon. Merci de bien vouloir repasser dans l'immédiat si c'est possible.

— C'est une blague ?

— C'est très sérieux. Venez de suite.

***

5

— Tu ressembles tellement à ton père.

Je me mets à pleurer. Cash. Mon père faisait partie de la police judiciaire. De son vivant, il était le chef de ce service. Cela fait si longtemps qu'il est mort maintenant que la douleur ressentie dès la première phrase du policier me surprend. Sans doute que toute ma tension nerveuse accumulée depuis leur premier appel m'a rendue fragile émotionnellement. Les souvenirs de mon père reviennent en force. Son visage, son sourire, son soutien, sa présence, tout me fragilise.

— Ton nom m'a interpellé. Mais je ne pensais pas que ça pouvait être toi. C'est par respect pour ton père qu'on n'est pas venus à 6 heures du matin frapper à ta porte pour te mettre en garde à vue.

Je suis complètement déboussolée. Je dois encore être dans mon lit, à me coltiner un cauchemar si réel que je me crois vraiment dans un commissariat. Mais j'ai beau me pincer, l'évidence est que je suis une nouvelle fois mise devant un fait qui risque de me plonger encore plus profondément dans la panique. J'arrive cependant à reprendre un visage plus serein après 30 secondes de flots ininterrompus.

— Je ne comprends pas.

— Tu connais Rayan ?

Une bourrasque violente balaie mon corps. Je suis tétanisée par un autre genre de douleur.

— Est ce que... est ce qu'il est... *mort* ?

Je ne vois que cette solution pour me retrouver devant eux. Ils vont m'annoncer une terrible nouvelle. Je ne suis pas prête à l'accepter. Je ne veux pas !

— Non il n'est pas mort. Mais cela vaudrait mieux sans doute pour toi.

Le ton du commissaire est dur, même s'il reste paternel. Son adjoint par contre me semble un peu brusque. Lui ne me connait pas. Il n'a sans doute pas connu mon père non plus car il m'a l'air bien jeune.

— Est ce que c'est bien lui ?

Le visage de Rayan souriant remplit toute la photo. Une drôle d'alchimie se déroule sous mon regard tandis que je fixe ses yeux qui me fascinent toujours autant. Je ne peux m'empêcher de songer à la dernière fois où il m'a regardée avec autant d'insistance. La dernière fois où il a posé les mains sur moi tout en maintenant son regard et qu'il m'a murmuré un « je t'aime » splendide de romantisme.

— Tu es accusée de complicité par rapport au Western Union d'il y a 4 jours, reprends le commissaire.

Je ne peux pas encore détacher mon regard de la photo. Je me sens dans un autre monde, sécurisée par la présence de mon homme. Rien de mal ne peut m'arriver avec lui à mes côtés. C'est la voix de l'adjoint qui me sort de ma torpeur.

— C'est bien votre signature ? Pour un total de 10 000 euros.

10 000 euros ?

— Oui mais.... Attendez.... C'était entre midi et deux, j'étais en coupure au boulot, j'étais au téléphone avec ma mère, j'ai juste signé, je n'ai pas rempli la feuille. Je n'ai pas regardé la somme !

— Parce que vous signez sans regarder et vous donnez des sous à quelqu'un comme ça, vous !

— Attendez... ça fait quasiment deux ans que je suis avec lui. Vous, votre femme, vous lui donnez des sous quand elle vous demande, vous ne lui posez pas la question de savoir pourquoi, de ce qu'elle va en faire ! C'est mon mec quoi ! Il m'a demandé un service, il a dit qu'il me rembourserait. À aucun moment il n'a mentionné la somme.

— Je sais que tu n'as pas grand chose à voir là dedans, reprend le chef, car cela fait six mois maintenant que nous suivons Rayan. Et je sais donc que tu ne le voyais pas beaucoup.

— Il m'a dit qu'il avait des ennuis et qu'il ne voulait pas m'embêter avec ça, je réponds comme une automate.

— Et vous ne lui avez rien demandé ? s'interpose l'adjoint.

— Bien sûr que je lui ai demandé de se confier à moi. Mais il disait toujours qu'il ne voulait pas m'ennuyer avec ses soucis et qu'il était capable de s'en sortir tout seul.

— Il vous a fait livrer un frigo.

— Oui, le mien s'est cassé. Il m'en a offert un, oui. Ce n'est pas un délit tout de même de se faire offrir un frigo par son copain. Mais bon sang, qu'est ce que vous avez à lui reprocher ?

— Regarde ce qu'il a fait, reprends alors le commissaire.

Et là... il me déballe tout, en disant :

— Tu aurais du choisir un autre homme.

J'essaie de garder bonne figure pendant que je découvre les secrets de Rayan. Je me décompose de l'intérieur. J'encaisse en espérant que cela ne se voit pas trop sur mon visage. Je n'arrive pas à croire ce que je vois. Malgré les preuves sous les yeux, leur voix qui m'expliquent les dérapages de Rayan, ma seule réaction est d'effacer aussi vite que possible ce qui est insupportable. Je ne veux pas d'une menace sur notre couple. Je la nie.

— Nous avons démantelé un trafic d'armes. Rayan et ses complices ont été arrêtés lors d'un coup de filet en Île de France. Les charges pesant sur eux sont : «acquisition, détention, cession et transport en réunion d'armes de catégorie A et B, soit des armes de guerre et de poing ».

C'est impossible.

— Et évidemment « association de malfaiteurs ». Le stock d'armes et de munitions que nous avons saisi est tout à fait exceptionnel. Et nous avons découvert leur repère secret après avoir suivi Rayan depuis près de six mois maintenant.

Mes mains moites se frottent sur mes cuisses et ma gorge devient sèche.

— Nous avons les preuves de transactions régulières entre eux et des narcotrafiquants. Ce sont des armes connues pour leur particulière dangerosité.

Je secoue de nouveau la tête. Lentement. Les infos continuent de circuler. Une partie de moi sait que *tout* est vrai. Cependant, j'ai l'impression que l'information ne se dirige pas dans ma conscience.

Non, ils se trompent !

L'adjoint me tend une autre photo.

— Rayan vit depuis un an avec cette femme. Ils sont pacsés depuis à peu près 4 mois. Vous la connaissez ?

Je secoue la tête.

— Vous étiez au courant pour cette relation ? Vous étiez peut-être un couple libre.

Je refuse d'accepter l'intolérable. Je neutralise mes émotions sinon je suis perdue. Je me contente de secouer une nouvelle fois la tête.

— Pour une mauvaise nouvelle, vous la prenez plutôt bien.

Non non ! Je me protège en mettant mes émotions à distance !

Enfin, le commissaire reprend la parole :

— Il n'est pas facile d'encaisser tout ça. On viendra chez toi demain pour une perquisition à ton domicile. On vient, même si on sait qu'on ne trouvera rien.

— Restez à notre disposition, dit l'adjoint en récupérant toutes les pièces à conviction qu'il avait auparavant jetées devant mes yeux.

L'entretien a duré quatre heures. Je suis exténuée, à bout et en pleurs une fois sortie du commissariat. Rien ne me semble réel, je flotte tout en marchant, maudissant ma vie. Ma conscience peu à peu se réveille et emmagasine ce que je viens d'apprendre. C'est si douloureux que je ne suis pas sûre de pouvoir m'en relever. Tout est si brutal, insupportable et injuste. Mes pensées

négatives tourbillonnent. Elles n'arrêtent pas de tourner en boucle et je suis prête à faire exploser mon trop plein d'angoisse. Je m'en veux de réagir comme cela mais c'est un fait: j'en ai rien à faire qu'il soit un trafiquant. Pour l'instant, je n'ai pas réalisé l'ampleur de ses actions de grand banditisme. Ce qui me blesse le plus douloureusement ce sont ses mensonges sur l'amour qu'il disait me porter : Rayan m'a trompée ! Alors les questions se bousculent dans ma tête. Peut-on être amoureux et tromper sa copine ? Je ne le crois pas, non. C'est un infidèle chronique. Infidèle par principe ! Il vit comme un hédoniste qui veut profiter de tous les plaisirs de la vie : quitte à tricher, mentir et me faire souffrir. Quand je pense que j'ai fait tout ce qu'il voulait. Même au lit, je me suis révélée coquine et libertine. Ce besoin de séduire ne l'a jamais vraiment quitté. Je n'ai pas réussi à faire de mon homme un être fidèle. Il m'a prise pour une idiote. Je m'en veux de l'avoir idéalisé. Jamais je n'aurais pensé qu'il aurait pu agir ainsi. Le sentiment de trahison se fraye un large passage dans mon cœur et les questions fusent dans ma tête : « *Est-ce de ma faute ? Pourquoi n'ai je pas réussi à le cerner ? Mieux le comprendre en fait ? Qu'est ce que j'ai fait pour mériter ça ?* » J'ai trop pris à cœur cette relation et maintenant mes sentiments bafoués veulent m'emmener sur le chemin de la dépression. Il n'en est pas question, je dois réagir pour contrer mon mal-être. La frustration arrive, le chagrin augmente sa puissance et mon sentiment d'abandon clignote de mille feux. Une sensation de manque m'envahit. Pourquoi, Rayan ? *Pourquoi ?* Peut-être que la police essaye juste de me faire peur. Ils ont mal parlé de Rayan, ils essayent de m'en dégoûter pour que je raconte des horreurs sur lui. Et que puis je raconter sur lui si ce n'est que c'est l'homme que j'aime. D'un amour puissant, torride, à me tordre le cœur au seul souvenir de ses yeux sur moi.
Me serais-je vraiment trompé sur lui ? Il a peut-être joué avec mes émotions en jouant avec les mots. C'est fou comme les mots

peuvent posséder un tel pouvoir de persuasion : je *t'aime je veux t'épouser.* Ces deux phrases de pure beauté je les ai entendues comme dans un rêve. Il a voulu m'amadouer en me disant les mots que je voulais entendre. J'ai cru à ses mensonges. Les mots ont vraiment un réel pouvoir. Utilisés par des hommes habiles, ils peuvent embobiner n'importe qui.
Rayan.... Rayan.... *Pourquoi tu m'as fait ça ?*

***

6

Mon amour

Je suis en prison. Je peux t'assurer que je n'ai rien fait de mal. Si je suis complice, c'est juste parce que j'ai été embauché pour conduire un camion. Tout va bien se passer. La justice saura comprendre que je suis coupable d'avoir été le chauffeur. Et pas autre chose. Mon cousin a pris un avocat. Il saura me défendre. Pour que tout soit clair entre nous, sache que je n'ai jamais vécu avec cette femme. La police a réussi à raconter n'importe quoi pour que tu me juges mal. C'est vrai par contre que je t'ai trompée. Je l'avoue et j'ai tellement honte de moi que j'ai envie de pleurer. Car pour rien au monde je ne veux te faire souffrir. C'était une erreur. Et cette erreur me ronge maintenant à l'idée que tu puisses mal me juger alors que c'est toi que j'aime. Je t'aime. Je t'aime tellement ma Romy. Je sais que je peux changer grâce à toi. Je ferme les yeux et c'est ton corps que je vois. C'est toi que je veux. C'est toi que j'ai toujours voulu. Je me suis laissé entraîner juste un instant avec une autre. Et crois moi, les regrets sont venus de suite. J'ai fauté, je te demande pardon. C'est toi que je veux. C'est toi que j'ai toujours voulu. Je t'aime tellement. On va se marier tous les deux, on va faire des enfants. Tu es mon âme sœur. Je ne suis rien sans toi.

J'attends ta visite très bientôt. J'ai tant envie de te voir, de m'imprégner encore de ton si beau regard, de ta bouche si sensuelle qui m'a toujours donné le grand frisson où qu'elle se soit posée. Je réalise à présent que tu es toute ma vie.

À très vite mon cœur. Si tu pouvais me faire un sac d'habits, ce serait gentil. Demande à Benoît, il te donnera le code couleur des vêtements que tu peux apporter.

Je sais que tu m'en veux. Alors vois cette lettre comme elle est : des mots enflammés que je puise dans mon cœur. Pour toi, mon éternel amour.

Je t'embrasse de partout. Ferme les yeux cette nuit dans ton grand lit. Je serai avec toi en pensée. Et je te ferai l'amour comme un forcené, jusqu'à ce que tu me pardonnes ce moment d'égarement dont nous ne devrons plus parler. Car ce serait lui accorder trop d'importance. Alors que la seule chose importante dans ma vie, c'est toi ma chérie.

Je t'aime comme un fou.

Ton Rayan.

***

Je sais ce que je dois faire : détruire ce courrier pour pouvoir me reconstruire. Car ce que je sais aussi c'est que mon âme, mon être, mon esprit et mon corps sont en miettes. Je peux les contempler, gisants sur le sol. Un simple coup de vent pourrait tout balayer.
Et je disparaîtrai.
C'est pourquoi il me faut réagir. Je me pose sur le canapé, seule dans mon salon, les lumières tamisées et mes mains sur les yeux. Je dois réfléchir à ma situation. Moi, Romy, qu'est ce que j'attends de la vie ? La réponse est d'une banalité affligeante : j'attends le bonheur. Je croyais l'avoir trouvé. Cependant, quand je vais au plus profond de moi, descendant dans les

tréfonds de mon âme tellement meurtrie après ces événements, je réalise que mon bonheur, c'est Rayan. Même si j'ai conscience de ma dépendance, de mon impérieux besoin de le voir, le sentir et le toucher, je me demande comment tout cela va finir. *Est-ce bon pour moi ?*
Oui. C'est lui qui me maintient en vie.
Mon amour est si puissant, mon obsession de son corps si violente, que ma respiration n'existe que parce que je respire le même air que lui. Pourtant j'ai conscience que tout cela m'épuise. Je ne suis pas heureuse. Depuis que je le connais, tout devient un drame. C'est comme si dans cette relation j'étais prisonnière dans une cage fermée à double tour. Je pourrais y rester aussi longtemps que je voudrais, sans la clé je n'en sortirai jamais.
Il m'a menti, il m'a trompée, il m'a abîmée. Il arrive même à me faire accepter ce qui auparavant était inacceptable pour moi. Je ne peux concevoir le fait de ne pas être respectée.
Mon cerveau a du rater un épisode lors de sa formation. Une partie s'est perdue dans les méandres de l'oubli car je n'arrive toujours pas à canaliser mon énergie pour comprendre ce qui est le mieux pour moi. Prendre une décision est un dilemme. Je dois peser le pour et le contre car de la solution que j'envisagerai, ma vie prendra une autre direction.
Avec ou sans lui ?
La pression est trop forte, j'en perds le sommeil. Je focalise sur la question, je me donne plein de réponses contradictoires. Je ne pense plus qu'à ça.
Si je choisis ma vie *sans lui* alors je renonce à *lui*.
Impossible.
Mon stress devient intenable et je me demande si je ne vais pas me la jouer Joker avec « Coup de fil à une amie ». Même si je sais déjà que quoique l'on puisse me conseiller, je serai toujours en proie à la confusion. Est-ce que cette option là est viable ? Est-ce que je ne devrais pas plutôt faire ce que je veux au lieu

d'écouter les conseils d'autres personnes qui elles, ne sont pas moi ? Ou alors, je laisse faire le destin en lançant une pièce en l'air pour jouer à pile ou face. Mais cette solution laisse trop de place au hasard. Je ne crois pas que le destin se joue au petit bonheur la chance. Je me tiens loin de la lettre de Rayan comme si elle représentait une bombe à retardement et que j'hésitais à couper l'un des fils. L'un m'explosera en pleine face et l'autre me délivrera.

Je ne sais pas quoi faire. Choisir me semble infaisable.

La vie est trop courte pour s'encombrer d'angoisse. Si je veux être heureuse, je dois prendre des risques. Mais lesquels ?

J'enrage de me montrer aussi indécise. Tout le monde a une vie remplie de dilemmes et d'incertitudes. Comment font-ils pour trancher ? Dans ma tête le chemin de la réponse à une simple question est sinueux, bifurquant sur la droite et repartant sur la gauche après un périple d'un millénaire dans un lieu solitaire.

Je dois me calmer et faire une liste : c'est le seul moyen de peser le pour et le contre.

* Lui consacrer tout mon temps libre n'a pas été l'idée du siècle.

* Parfois il m'arrivait de ne pas comprendre son changement d'attitude envers moi.

* J'ai passé plus de temps paumée et déboussolée que n'importe qui sur terre.

* J'ai passé mon temps à attendre fébrilement ses textos, car c'était sa réponse qui définissait toujours le baromètre de mon état. S'il était de bonne humeur, je passais une excellente journée. Même s'il n'était pas présent, le savoir bien disposé me ravissait. Par contre quand il était de mauvaise humeur, ma journée était bousillée.

* J'attendais longtemps ses textos. Et l'attente m'a toujours plongé dans une désespérance XXL.

* J'ai vécu dans un ascenseur émotionnel souvent insoutenable et constant.

* J'ai passé 2 ans dans cet état de frustration quand il était loin de moi, à supplier pour qu'il trouve un moment à me consacrer.

* J'ai perdu le sommeil et ma tranquillité d'esprit.

* Et aujourd'hui avec la découverte de ses secrets maudits, il m'a torpillée et m'a enterrée sous les décombres.

Il me manque. Comment m'en remettre ? Je me sens seule sans ma moitié et je ne sais pas comment combler ce vide. Je lutte pour ne pas répondre à son courrier. Il le sait pourtant que j'aurais décroché la lune pour lui. Mais est-ce bien raisonnable de vouloir être seule pour qu'une relation fonctionne? Mes pensées m'affaiblissent. Mes contradictions m'épuisent. Durant une minute je ressens du soulagement en me disant que je suis capable de passer à autre chose et mettre un terme à ma vie de cauchemar avec lui. La minute d'après, je ressens physiquement un manque et mon cœur brisé. Malgré tout ce que je viens d'apprendre sur lui, ses actes, ses mensonges, je vois pourtant que d'un simple claquement de doigt de sa part, je suis prête à tout pardonner. Je vis une véritable tornade émotionnelle. Humiliée, trahie; qu'est-ce que j'ai bien pu faire pour mériter ça? Mon angoisse redouble. Car je ne pourrai jamais l'oublier. Est-ce que me dire pardon suffira pour réinstaller un climat de confiance? Pourtant j'ai toujours dit que si un homme me trompait, je le larguerai purement et simplement. Mais c'est faux en fait. L'amour que je ressens pour lui est plus fort que tout. Même si j'ai conscience que cette relation est nuisible pour moi car elle ne me rend pas totalement heureuse, je vis avec le doute, l'angoisse, la peur... Et cette adoration incontrôlable qu'il m'inflige jour après jour après jour. Je le connais. Il aura beau jouer les gros bras, il n'est qu'un tendre, effrayé par un manque d'amour constant. Il a fait des erreurs. Ses fréquentations sont louches. Il doit me promettre d'arrêter de les voir, de se sortir de cette impasse. Je ne veux pas d'un voyou dans ma vie. Je ne veux pas d'un homme qui vend des armes de mort. C'est peut-être mon devoir de le sauver. Ma mission sur terre est sans doute celle là : lui faire entrevoir une autre façon de vivre, auprès d'une femme qui ne le laissera jamais tomber.

Je revis notre première rencontre et toutes nos nuits qui ont suivi. Il m'a fait l'amour avec tant d'excitation, de passion et d'ivresse. Tout a toujours été si intense que j'espère revivre de nouveau cette période idyllique. Il m'a apporté tout ce dont je rêvais durant cette époque bénie. Il faut juste réapprendre à revivre ces merveilleux instants tous les deux. Puis je pense à la vie de Rayan, à son enfance malheureuse. Il m'en a toujours parlé avec sincérité et beaucoup d'émotion. Malgré tout son manque d'amour étant enfant, il a réussi à devenir sûr de lui, touchant, toujours le sourire aux lèvres, confiant et beau. Il s'est construit une carapace pour annihiler ses souffrances passées. C'est pourquoi je sais que finalement, il est une victime de la vie. Un peu cassé, un peu brisé, même s'il se défend de l'être, je ne peux me résoudre à l'abandonner. Tout comme je refuse, catégoriquement, qu'il m'abandonne. Et puis, je l'aime tellement. Rien ne pourra changer cet aspect des choses. Même si je connais maintenant quel genre de personnage il est : un voyou de grande envergure. Moi je ne vis pas dans son monde. Je suis issue d'une famille bon chic bon genre, je vis dans un beau quartier. Mon beau père est médecin et mon père était flic. Lui, il a grandi dans un quartier dangereux, où il fallait être le plus fort pour survivre. J'ai tant de peine pour lui que je sanglote bêtement en l'imaginant seul dans sa chambre, attendant le retour de sa mère qui ne l'a jamais vraiment désiré. Est ce que je suis capable de le laisser tomber moi aussi ? Pour cela, il faudrait qu'il soit un autre. Mais lui.... Je l'ai dans la peau. Je me rends compte à quel point je tiens à lui malgré nos dernières mésaventures. C'est comme un envoûtement. Quelque chose de si fort que je ne peux qu'y succomber. Et en redemander. Encore et toujours. L'odeur de son épiderme, sa texture, tout ce qui fait son corps me met dans tous les états. Je l'ai dans la peau, c'est plus fort que moi. J'ai conscience que cette relation est malsaine mais je ne peux y renoncer. Ce petit quelque chose de divin en lui me fascinera toujours et m'empêche de le quitter. J'ai juré allégeance et je m'y tiendrai. Ce que sa peau dégage, ce magnétisme fou qu'elle suscite en moi, tout m'attire inévitablement vers lui. Son épiderme exhale de si délicieuses odeurs que je n'attends plus que de le revoir pour poursuivre nos ébats. Malgré la peine qu'il m'a faite, j'ai toujours envie de lui. Il est ma drogue. Je suis tellement accro à lui que je ne peux pas m'en passer. Je veux encore pouvoir humer son odeur, admirer son sourire, se délecter de sa voix, plonger dans son regard, tâter son corps. Le manque se fait sentir. Physiquement. Comme s'il me manquait une partie de moi. Car il fait partie de moi.

C'est un étonnement constant de comprendre que même s'il me rend malheureuse, je ne peux être heureuse sans lui.

C'est malgré moi que j'ai envie de le revoir. Je suis emportée par la passion. Combien de femmes aimeraient vivre un tel ensorcellement alors qu'elles pataugent dans des relations ternes? Moi je pense sincèrement vivre quelque chose de spécial. Je souffre oui, mais je sais ce que c'est que d'aimer. Je suis en pleine extase. Même si je connais les conséquences de la descente en eaux troubles, comme je suis en train de l'expérimenter. Pour la énième fois. Notre union a toujours été chaude et intense. Sans doute que Rayan n'a pas voulu *vraiment* me tromper. Peut-être n'ai je pas été suffisamment à la hauteur avec tous mes questionnements et mes doutes. Toujours à lui demander des comptes, il a du un moment se sentir piégé. Je vais devoir réfréner mon sentiment de jalousie. S'il ne m'aimait pas, m'aurait-il écrit ? Et surtout, me l'aurait-il dit ? Il y aurait tellement de femmes prêtes à sauter sur lui pour qu'il m'éjecte avec ou sans douceur.
Je récupère sa lettre posée sur la table basse.

Mes larmes se mettent à couler. Et étrangement, ce sont des larmes d'euphorie. Mes émotions se régalent dans les montagnes russes que seul Rayan sait me faire emprunter. À ce moment, je me sens réellement vivante. Et aimée. C'est fou comme il m'est nécessaire dans tous mes aspects de ma vie. Cette erreur qu'il a commise, nous pouvons l'oublier ensemble. En ce moment, il a besoin de moi. Je vais l'aider à aller mieux. Il ne pourra plus jamais douter de mon amour pour lui. De toute façon, il n'y a rien à faire d'autre. Je ne peux l'effacer de mes pensées. Je suis raide dingue de lui. C'est mon mec, c'est ma vie, c'est mon évidence. Et puis il y a une chose rassurante dans notre relation : au moins en prison, il ne pourra pas me tromper.

***

Encore une lettre, deux, dix... Des lettres enflammées, ardentes, bouillonnantes, brûlantes. Je les reçois régulièrement et je lui réponds avec la même frénésie. Sa signature est devenue un jeu entre nous. Il marque : *l'arme à cœur*. Et je signe : *Ta soumise*. Cela nous fait rire tous les deux. Une autodérision qui fait un bien fou. Il est bon d'admettre qui on est, de l'accepter, de s'en moquer et de continuer à vivre et à rêver. Nous testons un nouveau mode de communication : entretenir notre amour à distance. Je n'ai toujours pas le permis et je suis tributaire de Benoît pour aller le voir une fois par semaine en prison. Et cela dure depuis un an maintenant. Je me réfrène pour ne pas lui envoyer 20 textos par jour. Car monsieur a un téléphone portable. Je ne veux même pas savoir comment il a réussi à s'en procurer un là bas. Il m'a dit qu'il avait besoin d'entendre ma voix et que c'était la raison pour laquelle il avait réussi à s'en procurer un. Quoi qu'il me dise, je le crois sur parole. Je n'ai pas le choix. Je dois lui faire confiance pour reprendre de bonnes habitudes. Et j'ai appris de mes erreurs. Je ne veux pas lui paraître trop «demandeuse» et perdre de l'intérêt pour lui. Même s'il est loin de moi, je refuse de devenir celle que j'étais avec lui : trop collante.

Et ça marche depuis un an.

Car mon attitude ne fait que l'exciter davantage me semble t-il. Il augmente la fréquence de ses appels. L'adage : *fuis moi je te suis* vient de prendre tout son sens.
Une fois par semaine donc je suis là, devant les grilles, pour ma visite hebdomadaire. À chaque fois le même cinéma : on me fouille, on embarque mes affaires personnelles dans un coffre, on m'appelle, je fais la queue. Pendant que le policier cherche sur les fiches pour voir si je suis bien inscrite, je remarque que Rayan a beaucoup de fiches de visite. J'entraperçois même des prénoms de fille. Mais bon... il n'a droit qu'à deux visites par semaine et moi j'y vais *toutes* les semaines alors je me dis :
— Commence pas à délirer. Ne vas pas encore te créer des problèmes imaginaires. C'est lui qui insiste pour me faire venir toutes les semaines. C'est parce qu'il m'aime.

✳✳✳

Peu de temps après, je me lasse un peu tout de même de cette situation. Je ne l'ai pas trompé. Je suis toujours dans l'incapacité de le faire. Nous sommes toujours un couple et de toute façon aucun homme ne peut arriver à sa cheville. Mais dans ma vie quotidienne, Rayan n'est pas là. Donc tout reprend peu à peu de l'élan sans lui. Mes amies me sortent. Ça me fait du bien. Je ne sautille pas de joie à chaque excursion nocturne. Je ne m'extasie pas pendant une journée shopping avec Sylvie. Mais ça va quand même. Je survis. C'est durant cette période qu'une nouvelle connaissance est apparue dans le groupe.

Myriam.

Une belle blonde toujours très bien maquillé, avec un franc-parler rafraîchissant et une élocution rapide. J'ai carrément eu un coup de cœur amical pour elle. Je connaissais déjà sa sœur mais avec elle il y a quelque chose de plus. Un petit truc spécial qui nous a fait comprendre à toutes les deux qu'on était exactement identique! Cela nous a fait rire et cela nous a rapprochées. On fait les mêmes choses, on pense de la même façon. Il nous arrive de nous donner rendez vous en ville et de s'apercevoir ensuite que nous sommes habillées de la même manière, ou en adoptant le même code couleur. Alors qu'on ne s'était pas concertées auparavant. Elle est devenue en un court laps de temps ma nouvelle meilleure amie. Myriam, c'est ma sœur, mon binôme, celle qui ne me juge pas, qui me soutient, qui est heureuse à l'idée que je le sois. Mes sorties se font donc de plus en plus nombreuses. Enfin, je respire ! C'était cela qui me manquait dans ma vie : une personne qui me connait vraiment bien et qui malgré tout m'apprécie pour qui je suis. Celle qui me parle de sa vie, qui écoute la mienne, sans jamais entrer dans le jugement. Je peux donc me laisser aller à exprimer mes pensées les plus secrètes. Une fois sorties du labyrinthe de mon cerveau, c'est une sensation de légèreté qui m'envahit. Myriam m'a fait un bien fou. Elle m'a rendue libre. Je peux l'appeler à tout moment de la journée, elle laisse tout tomber et elle accourt si elle sent que j'ai besoin de parler. De mon côté, je ferai n'importe quoi pour elle. Je suis contente de l'avoir rencontrée car ma vie a changé grâce à elle. Je me sens plus forte et un peu plus sereine. Elle est comme une âme sœur. J'ai beau avoir une bande de potes, c'est elle qui tient maintenant la première place. Une personne dont je suis sûre qu'elle ne me trahira jamais. Notre entente est parfaite. Elle est la meringue sur la petite tarte de ma vie. Toujours présente pour applaudir mes exploits quand je suis au top de ma forme et encore là quand je suis dans le gouffre, mon mascara déteignant sur ma peau en suivant le tracé de mes larmes. Je peux lui faire confiance avec mes secrets les plus fous. Les mots deviennent faciles. Nous avons toujours mille choses à nous raconter. Aucun froid, aucun malaise. Je peux être moi même, aucun rôle à jouer. C'est réconfortant, plaisant, admirable. C'est si rare, si spécial et si précieux d'avoir une meilleure amie.

7

— Qu'est ce que c'est que ce survet ? Ce n'est pas celui là que je t'avais demandé !

Rayan est un peu en colère. Je le regarde s'agiter en découvrant que ce n'est pas le survet de la Juve, celui là même qu'il m'avait demandé de lui acheter, qu'il tient entre ses mains.

— Il n'y en avait plus. La nouvelle collection arrivera la semaine prochaine.

— Oui bien sûr ! À d'autres !

— Quoi ? Qu'est ce qu'il y a ? Tu n'es pas content ? Et puis d'abord, tu ne dois pas porter une tenue réglementaire ici ?

— Je ne suis pas dans le couloir de la mort. Tu sais très bien que je peux m'habiller comme je veux avec un code couleur bien spécifique. Tu n'as jamais foiré une seule fringue depuis tout ce temps et là... c'est pas possible, tu te fous de moi. À quoi je vais ressembler avec ce truc ?

— Oh, ça va ! Tu n'es pas à la Fashion Week hein ? T'es en prison. Si ce survet ne te plait pas, mets les autres. Je t'en ai acheté plein. 160 euros par semaine pour t'acheter tes fringues... tu me prends pour Rothschild ? Tu n'es jamais content.

— Je suis enfermé depuis un an dans ce trou. Je dois avoir un minimum de standing pour me faire respecter par les autres détenus.

— Et le survet du PSG n'est pas assez *respectable* ?

— C'est facile pour toi de te moquer de moi. Toi tu es libre, tu vas et tu viens à ta convenance. Moi je suis enfermé dans ce trou.

— Mais à qui la faute ? C'est moi qui t'ai enfermé ? T'avais pas à t'engager dans des histoires à la con de trafiquant d'armes. Tu réalises au moins dans quoi tu t'es embarqué ? Tu ne crois pas que tu t'en es bien tiré avec seulement 3 ans de prison ferme !

— Oui bien sûr, et toi ça t'arrange bien de me savoir cloitré ici. Toi tu en profites, tu sors tous les soirs, tu fais la java tous les week-ends. Oui je suis au courant. Benoît me tient informé de tes faits et gestes.

'— Quelle java ? De quoi tu parles ? Je sors de temps en temps avec la bande. Tu me reproches de m'aérer un peu l'esprit ?

— Parce que moi je le peux peut-être ? Tu devrais logiquement me soutenir.

— En restant cloîtrée chez moi ? C'est ce que tu me demandes de faire?

— Je ne supporte pas de te savoir dehors en train de te faire draguer par tous ces minables. Tu penses à moi au moins ?

— Évidemment ! Je suis là! Ça fait un an que je viens toutes les semaines comme si j'étais ta secrétaire personnelle des achats.

— Je t'écris tout le temps et toi tu m'écris de moins en moins. Je trouve ça très louche.

— Parlons-en de tes lettres. Au début elles étaient bien mielleuses, tellement fascinantes. Des mots d'amour qui se répétaient de semaine en semaine ! Tu veux que je te relise tes dernières lettres ? Ce sont plus des listes de choses que je dois faire pour toi que des mots doux. *Achète moi ceci, achète moi cela. Tu as lavé mes fringues ?*

— Je croyais que tu étais ma femme.

— Ta femme de ménage ? Ta blanchisseuse ?

— Tu sors tellement souvent que tu oublies tout ce que je te demande, c'est pourquoi je te le répète. Mais à l'évidence tu as plus de plaisir à aller faire ta pute dans les bars plutôt que de songer à me faire plaisir en me prenant un survet de...

— La *quoi* ? Mais comment tu oses ?

— Ça me rend dingue ! Je ne supporte pas que tu sortes !

— Je ne supporte pas que tu sois un trafiquant d'armes. Je ne supporte pas que tu me signes tes lettres en marquant *L'arme à cœur* comme si tout ton passé n'était pas déjà en soi quelque chose dont tu devrais avoir honte au lieu de t'en glorifier. Je ne supporte pas que tu m'aies mentie, trahie, trompée. Je ne supporte pas tes remontrances et tes critiques !

— Parce que tu sais que c'est vrai.

— Tu sais quoi ? Je n'y arrive plus. Je fais tout pour toi. On a passé des heures avec Benoît pour laver tous tes habits, les ranger. Je dépense tout mon salaire pour t'habiller comme si tu allais déambuler sur les podiums. C'est peut-être ce que tu fais d'ailleurs pour être le caïd de la prison. Mais moi je n'en peux plus. C'est toi qui t'es mis dans ce pétrin tout seul. Si tu m'avais seulement parlé au lieu de me cacher des choses, peut-être que j'aurais pu t'empêcher de faire une connerie. Mais tu ne m'écoutes jamais de toute façon. Je supporte de vivre un an à ton service, sans voir aucun homme, un an de célibat car je te suis fidèle. J'ai mis ma vie entre parenthèses. Et je dois supporter en plus tes remontrances : *T'as pas fait ci, t'as pas fait ça !* Ça va, j'ai 26 ans, j'ai pas que ça à faire. C'est terminé !

***

Il y a des ruptures amoureuses salutaires. J'en étais arrivée à un point où si je ne me sauvais pas, j'allais m'enterrer toute seule. Cela faisait longtemps que j'avais compris plus ou moins que Rayan n'était pas bon pour moi. Prendre la décision de le quitter a été un choc. Je ne sais pas où j'ai puisé ma force car rien n'était calculé. Ou alors très profondément, inconsciemment j'avais commencé à percevoir la profondeur de ma détresse. L'entendre m'insulter a été le point de non retour. L'aiguille qui a pointé sur le point sensible et qui a donné naissance à ma révolte. Je respire. Il me manque mais ça va. Je n'attends plus rien de lui alors... ça va passer. Je laisse tomber ce manipulateur qui n'a fait que déblatérer sur ce que j'avais envie d'entendre. J'aurais du me méfier dès le départ, dès le premier reproche. Je pensais tellement qu'il pouvait changer. Cette petite phrase est encore toujours dans ma tête même si j'essaie de la fracasser pour qu'elle agonise, meure et s'éloigne vite fait :

— Il a eu une enfance malheureuse, il est mal, je peux l'aider.

Mais en voulant l'aider, je me suis perdue durant ces années. Je ne dois plus accepter, jamais, les humiliations, la dévalorisation, l'insupportable. Il m'a trompée et m'a menti tout le temps. Je suis incapable d'expliquer la cause de mon rejet ce jour là à la prison. Juste une petite lueur qui clignotait devant mes yeux :

Je ne peux plus rester.

Ce fut sans doute l'instinct de survie qui m'a donné la force dont je manquais jusque là pour lui claquer la porte au nez.

À cet escroc sentimental.

J'ai encore les larmes au bord du cœur quand il m'appelle de temps en temps. Je décroche toujours. Mais je suis moins réceptive à son message subliminal. Il ne me parle plus d'amour. Nous papotons de ces journées et des miennes. De temps en temps, il me donne de ses nouvelles. Je ne l'ai pas encore totalement rayé de ma vie. Cependant je respire un peu mieux et je suis prête pour aborder une nouvelle vie amoureuse sans lui. J'ai rompu mais je souffre encore un peu. Je me lamente intérieurement à chaque fois que j'entends sa voix au bout du fil. Mais je tiens bon. Il me lance parfois des mots d'amour mais je ne lui réponds pas. Au fil des jours, Rayan se fait de plus en plus insistant. Il me promet monts et merveilles. Il se lamente sur mon indifférence alors que lui m'aime à la folie. Je joue un jeu dangereux. Je ne suis pas assez guérie de lui pour continuer à l'entendre se plaindre de mon manque de conviction devant l'amour qu'il dit ressentir pour moi.

J'aime pourtant l'entendre me jouer du violon, j'aime qu'il m'aime. Mais moi, je ne dois plus laisser mes sentiments m'envahir. Si j'ai rompu c'est pour le quitter. Alors, pourquoi j'accepte tout de même d'avoir de ses nouvelles, de temps en temps ? Je vais devoir me faire psychanalyser si je ne réussis pas à maintenir le cap. Il me faudrait un professionnel de la santé mentale : quelqu'un de patient et de compétent pour m'écouter parler de tout mon ressenti. Sinon je serais bien capable de rendre fou le psy avec mes hésitations et mes doutes. Mon téléphone m'annonce un message. J'avance vers la table basse en essayant de garder une bonne contenance.

Je suis Sonia la cousine de Rayan. As-tu des nouvelles de lui ? Es-tu allée le voir ?

Comment a t-elle eu mon numéro de téléphone restera un grand mystère. Je ne connais pas cette femme. Lui qui n'a soi disant pas de famille, je trouve qu'il a beaucoup de cousines autour de lui. Mais bon... comme elle fait partie de son proche entourage, je me dis qu'il serait malpoli de ne pas lui répondre. Ma bonne éducation me perdra. Parfois je me demande quelle aurait pu être ma vie si j'avais été élevée par des parents mauvais et stupides, faisant fi de toutes bonnes manières. J'aurais pu alors répondre au texto de cette femme avec un ton hargneux digne des plus grands banlieusards. Un genre :
« J'en ai rien à foutre de qui tu es. Casse toi et me fais pas chier ».
Cela m'aurait permis de ne pas revivre le film *La souffrance Le retour.*
J'entame donc un dialogue avec elle en lui répondant que je ne l'ai plus vu depuis quelques temps mais que je l'ai au bout du fil très souvent. Pour la rassurer, je lui dis qu'il va bien et qu'elle ne doit pas s'inquiéter. Elle me demande alors si ça va bien entre nous deux. Je me mets de suite sur la défensive.

C'est compliqué entre nous. On essaye d'arranger les choses

Vraiment ? Et bien je ne suis pas sa cousine en fait. Ça fait 3 mois que nous sommes ensemble.

Mon rythme cardiaque s'intensifie à une allure tellement rapide que je crains de mourir d'une crise cardiaque. J'ai du mal à tenir sur mes jambes tant mon cœur s'emballe. Je suis toujours dans la réalité mais elle me semble différente : le temps se ralentit. J'ai la sensation que ma vision devient floue. Complètement déconnectée, je crois que je suis en train de devenir folle. Un jour ou l'autre, je vais finir par me retrouver coincée dans une camisole.

Il me demande de rester et il me trompe ?

Ça y est ? Je vais guérir maintenant ? Ou je vais sombrer de nouveau dans le ridicule, l'absurde et le pathétique ? Un peu des trois quand je réponds que :

Non on n'est plus ensemble c'est moi qui me fais un film. Les choses ne s'arrangent pas entre nous, c'est terminé.

J'essaie encore de protéger Rayan. C'est idiot mais c'est comme ça. Je n'accepte pas qu'il soit dans le Mal. Et en plus je crois que cela m'arrange en fait. Je ne veux plus être avec lui donc s'il est avec une autre cela sera plus facile pour moi de l'oublier. De cesser mes enfantillages. De ne plus monter sur le toboggan du bonheur pour redescendre à toute allure dans la désillusion et m'aplatir la tête contre le sol. Je veux guérir, je dois guérir, il faut que j'y mette un peu du mien. Mais la jalousie revient. Et les sentiments aussi.

Me revoilà de nouveau dans un cercle vicieux. Rayan continue de m'appeler une fois par semaine. C'est devenu une routine.

— Il faut arrêter maintenant. Rayan, tu es avec une autre.

— C'est toi qui occupes toujours mes pensées.

— Tu crois que je n'ai pas compris ton manège ? Tu vas encore essayer de m'amadouer en me racontant n'importe quoi. Tu es toujours en train de me mentir. Tu ne changeras jamais. Maintenant j'en suis convaincue.

— Je t'aime Romy. Ne me laisse pas tomber, je ne sais plus où j'en suis. La prison c'est un vrai calvaire, je deviens fou.

Je l'entends presque sangloter à l'autre bout du fil.

— Je sais que je me suis montré égoïste, reprend-il et j'ai honte vis à vis de toi. Mais je ne t'ai pas trompée. Cette Sonia prend ses rêves pour une réalité. Tu es la seule à avoir le permis de visite.

— Raconte-moi un peu ta journée, qu'est ce que tu as fait aujourd'hui ?

Je ne lui dis rien de plus. Je le laisse raconter sa journée tous les vendredis à 16 h lorsqu'il me téléphone de son portable volé passé en contrebande dans la prison dans laquelle il est incarcéré pour trafic d'armes. C'est moi ou bien c'est normal de ne pas être choquée ?

On croit toujours guérir d'un chagrin d'amour. Qui a eu l'idée de créer les sentiments? On ne pourrait pas être de simples humains interchangeables qui vivraient dans une liberté totale sans jamais connaître le désespoir ou la solitude ? Un monde comme ça serait plutôt cool. Les gens s'aimeraient sans jamais tomber amoureux. C'est peut être ça le nirvana. Quoiqu'il en soit, six mois passent encore. Notre petit train tain téléphonique s'est bien installé. Rayan est devenu de plus en plus pressant au fil des semaines. Il a rechargé ses batteries et je retombe dans ses filets.

— Romy, dès que je sors de prison je viens te voir. Nous allons passer tout notre temps ensemble. Et là tu verras alors que nous sommes faits l'un pour l'autre. Là en prison, c'est dur de trouver un équilibre.

***

8

Vendredi soir 15h57

— Dans 3 minutes, Rayan va m'appeler.
— Comment tu le sais ? me demande Myriam interloquée.
— C'est comme ça depuis que…. enfin… que je l'ai quitté.
— Tu ne m'avais pas dit que vous étiez restés en contact.
— Je n'avais pas envie de… partager l'information.
— Tu avais peur que je t'en dissuade.
— Un peu oui.
— Pourquoi garder le contact si ton souhait est de le chasser de ta vie et de tes pensées ?
— Je ne sais pas l'expliquer. C'est quelque chose de profondément ancré en moi. Rayan et moi… c'est particulier. Je sais qu'il dérape mais il est si seul. Il n'a pas eu une enfance heureuse tu sais…
— Arrête avec ça Romy. Qui peut se targuer d'avoir eu une enfance totalement heureuse ? C'est pas une raison pour agir comme il le fait. Moi ce que je vois c'est que mon amie n'est pas heureuse. Avec lui. Et sans lui non plus.
— Tu as touché le fond du problème.
— Il y a forcément une solution. Est-ce que tu crois que garder contact avec lui peut t'aider à aller mieux ?
— Avoir de ses nouvelles me fait plaisir. J'ai besoin de savoir qu'il va bien.
— Le fait de poser la question à son ami Benoît ne serait pas plus judicieux que de prendre le risque de flancher de nouveau en entendant sa voix ? Qu'est ce que tu en penses ?
— Je pense qu'il est l'homme de ma vie. Cela fait deux ans que je n'ai couché avec personne. Tout simplement parce que je ne

peux pas. J'ai Rayan dans la peau, c'est comme ça, c'est inexplicable. Est-ce que je vais finir ma vie cloîtrée dans un couvent ou est ce que j'essaie de croire que lui et moi nous pouvons et nous allons nous retrouver ?

— Et Sonia ?

— Il m'a dit que c'était une connaissance, que son père à elle avait déjà fait de la prison et qu'ils avaient des points en commun. Que cela les avait rapprochés.

— Et tu es d'accord avec ça ?

— Il me demande de lui faire confiance.

16h02. Le téléphone ne sonne pas.
16h10, toujours aucun appel.

— Myriam...

— Oui ? Quoi ?

— Il est sorti de prison. Rayan est sorti.

— Mais qu'est ce que tu dis ? Il n'a pas encore fini sa peine.

— Il ne m'a pas téléphoné. Je sens qu'il est sorti.

— Tu crois qu'il y a eu un problème ? Peut-être que finalement les gardiens ont trouvé son téléphone.

— Il est sorti je te dis.

Pour moi c'est une évidence. Comme si sa vie était reliée à la mienne. Je sais de source sûre que s'il ne m'a pas appelée c'est qu'il a retrouvé sa liberté. Je ne sais pas trop comment je me sens. Un peu hébétée. Quelque peu anxieuse. Avec un soupçon de bonheur qui commence doucement à irradier mon cœur. Je vais le revoir en face à face. Je vais pouvoir me jeter sur lui et lui donner tout mon amour. Je suis prête à le recevoir. Toute la magie de notre première nuit se focalise dans ma pensée. Je sens monter la fièvre, une tension intense comme si ma vie allait se jouer ce soir. Il va venir me voir, il va sonner à ma porte. Nous allons enfin pouvoir accomplir notre destinée : une vie de couple.

— Ça va Romy ?

Je ne suis plus que sensations intérieures. Mes doigts qui vont enfin glisser sous son t-shirt, lui et son corps, lui et sa peau. Le feu circule dans mes veines en créant des flammes sous mon épiderme. J'en perds le souffle dans l'attente de notre prochaine valse d'amants abstinents depuis trop longtemps.

— Romy ?

— Je vais le voir. Tu te rends compte ? Tout ce cauchemar est terminé. On va pouvoir se retrouver.

Je vois bien qu'elle est indécise mais que mon visage rayonnant lui fait plaisir. Quand je pense que je n'ai plus fait l'amour depuis.... je n'arrive plus à compter tant la période a été aussi longue que le dernier hiver de Game of Thrones. Une traversée du désert avec en prime une ceinture de chasteté dernier modèle qu'aucun homme n'a pu ouvrir. La mise en sommeil de ma libido risque de me donner des sueurs froides quand je verrai Rayan : saurai-je encore comment m'y prendre ? Mais j'ai tort de m'inquiéter. L'appétit sexuel revient déjà au grand galop rien qu'en pensant à mon homme. Pas étonnant que j'ai passé ces derniers longs mois déprimée et solitaire. Rayan était indisponible pour me remettre en selle. Ça va me faire du bien de retrouver l'extase des galipettes. Ma trop longue diète m'a affamée. Je pense que je vais sauter sur lui comme une adepte des régimes qui verrait devant elle un beau gros beignet au sucre bien gras et bien dodu : je vais le dévorer.

À dix sept heures je me retrouve sous la douche. Je veux être parfaite pour lui. D'où me vient cette certitude qu'il est sorti de prison ? Ce sentiment confus de savoir quelque chose sans être au courant me semble irrationnel. C'est un pressentiment. Je suis vraiment relié à lui ! Je savais bien que notre relation tenait du miracle !

***

Deux jours après, je suis toujours en train de l'attendre. Mon état euphorique a laissé la place à une mélancolie qui est devenue si habituelle maintenant que ce serait peut être elle ma meilleure amie. Elle ne me quitte que très rarement. Et lorsqu'elle revient elle prend toujours la première place. Nous sommes dimanche et je me traîne depuis l'aube en me torturant les méninges. Avant d'alerter toute ma bande de potes pour leur réclamer en urgence des nouvelles de mon homme, je décide de mettre à exécution le plan que je me suis fixée il y a peu : réagir comme une adulte qui refuse les drames imaginaires. Et relativiser. Il m'appellera quand il le pourra. Je ne vais pas recommencer à le harceler ou lui mettre la pression car je sais déjà ce que cela va engendrer comme contrariété. Et naturellement ce sera encore de ma faute et de mon attitude de gamine anxieuse s'il est exaspéré. Je ne sais pas ce qu'il m'est passé par la tête il y a deux jours lorsque je me suis prise pour *pressentiment woman* connectée par un fil invisible à son amoureux. J'ai tellement envie d'être avec lui et de reprendre notre histoire avec mille étincelles qui papillonnent autour de moi que j'ai cru fortement à sa libération. De la pure romance ridicule. Je ne dois pas, une nouvelle fois, sombrer dans le pathétique. À sept heures du matin, je me prépare un thé et j'attrape mon portable, confortablement installée sur mon sofa. Soudain, une petite lueur s'allume dans un coin de mon cerveau. Une idée idiote sans doute. Mais elle envahit peu à peu ma tête et je n'ai plus qu'à lui obéir pour me soulager un peu. Je recherche le numéro de cette folle de Sonia. J'ai comme une envie soudaine de voir un peu ce qu'elle raconte sur les réseaux sociaux. Comme elle m'a envoyé son message débile sur WhatsApp, je vois son nom de famille. Avec cela je la cherche sur Facebook. Rien. Ou alors elle est en privé. Je me connecte sur Instagram. Je fais une recherche et ô miracle je la vois. Allez, je clique dessus, ça me fera passer le temps. Mais rien de cela ne se produit. Le temps a décidé d'agir tout autrement : en s'arrêtant, puis tournicotant autour de moi. Je suis propulsée même dans un autre espace. Comme si un gouffre venait de s'ouvrir devant moi, qui m'attire vers le fond. Je ressens un vide sous mes pieds et un immense vertige pendant que le temps s'arrête sur une photo d'elle et de Rayan. La dernière photo qu'elle a postée il y a deux jours : vendredi après midi, ils sortaient tous les deux d'un restaurant. Ils ont tous les deux le sourire aux lèvres. En titre je vois écris : <u>Mon homme et moi enfin libres !</u>

C'est l'horreur, on m'arrache le cœur. Je suis en enfer. J'entends les hurlements des damnés autour de moi. Je renifle l'odeur du souffre et je regarde le brasier qui m'attire vers lui. Je n'ai qu'un pas à faire et plonger dedans pour tout oublier. Je me jette sur mon répertoire comme une automate, j'appelle Myriam, Sylvie et ensuite Benoît. À lui tout particulièrement je lui crie :

— Rayan est sorti de prison. Il ne me dit rien ! Tu ne me dis rien! Personne ne me dit rien ! Tu le savais toi qu'il était avec cette fille ! Hein ? Mais qu'est ce que c'est que ce bordel ! Qui je suis moi ? Je suis pas ton amie, Benoît ? Je ne mérite pas un peu d'honnêteté au moins de ta part ? Il est sorti et je ne suis pas au courant. Moi ça fait deux ans que je l'attends ! Je vais le buter. Je veux mourir.

Je jette mon téléphone et je commence à vouloir tout casser dans la pièce. Je ne suis plus physiquement là. Je flotte, je quitte terre et j'ai l'impression de m'envoler dans les hauteurs d'une plainte qui hurle *son* prénom. La spirale de la colère mène à des actions démesurées. Quand mes amis arrivent, j'ai déjà saccagé plusieurs verres qui gisent un peu partout dans le salon. Tandis que je prends les cadres et que je les jette tous par terre, Benoît me dit :

— C'est bon, je l'ai au bout du fil, calme toi. Je te le ramène, t'inquiète.

Je prends les bijoux qu'il m'a offerts et cette fichue bague de fiançailles qui n'est qu'une grosse blague en fait, des photos de nous deux et je dépose tout sur le palier. Il pourra tout récupérer. Je referme la porte d'un geste si violent qu'en claquant cela fait vibrer les fenêtres. Myriam et Sylvie tentent de me raisonner en me demandant de me calmer. Comment peut-on proposer le calme à une personne en colère ? S'il suffisait de se dire : *Ok, je me calme*, ce serait vraiment simple. Mais elles ne comprennent pas toutes les deux que me demander de rester calme ne fait qu'empirer mon état de nerfs ?

— Rayan, je lance haut et fort en jetant violemment des coussins au sol, il fait le paon ! Un numéro de charme au top du top de la séduction. Monsieur veut assurer mais il ne contrôle plus rien.

— Calme toi Romy, me lance de nouveau Sylvie.

Je lui jette un regard incendiaire et je crie de plus belle en lançant mes casseroles dans les airs.

— C'est un cobra, vous savez le genre hypnotique. Il vous regarde en souriant, il envoûte et puis hop il nous gobe et il ne reste plus rien !

— C'est bon Romy, il vient, me dit alors Benoît comme s'il venait d'accomplir un exploit.

Je lui hurle dessus :

— Monsieur est trop bon ! Quand je pense qu'il a fait en sorte qu'il occupe tout mon périmètre mental, il surgit n'importe quand dans mes pensées, quand je bosse, quand je travaille, quand je marche, quand je conduis, quand je mets la télé... J'étais prête à prendre *tout* le temps nécessaire pour faire de lui un homme heureux et lui en retour ? Il me ment encore ? Il est si attirant et si doué : il m'a donné juste la dose nécessaire pour que ce soit entre nous délicieusement étrange, provocant, excitant. Et maintenant quoi ? Je suis désarmée.

— C'est bon je te dis, répète Benoît qui se veut rassurant, il vient.

Une heure après il n'a toujours pas apparu. La colère est en train de se transformer en rage. Durant une heure, je n'arrête pas de vociférer et de jeter en l'air tout ce qui est à portée de main.

— Il n'est pas pressé dis moi ! Il est encore avec elle à lui murmurer les mêmes mots d'amour ?

Rien que cette pensée me rend amère et encore plus enragée :

— Il m'a complètement déréglée, je ne sais même plus qui je suis, je ne me reconnais plus, je n'ai aucune force de caractère car je sais, je SAIS que je dois le quitter et pourtant je n'y arrive pas. Il me tient avec sa magie. Pourquoi est ce que j'ai croisé son chemin ? Maintenant j'en paye le prix fort. Oui il a su se montrer sous son meilleur jour. C'était pour mieux instaurer son emprise sur moi. Il y est parfaitement arrivé. Je me suis laissé prendre dans ses filets. Il veut me détruire ou quoi ? Tout ça n'a pas de sens. Quoique je fasse, c'est toujours mal fait. C'est paralysant, je ne sais plus quoi faire.

— Tu t'es convaincue qu'il pouvait changer, me dit alors Myriam gentiment.

— C'est vrai. Toutes mes multiples tentatives de sauver notre couple cela n'a été qu'une perte de temps. Je dois avancer seule. Je peux le faire. La fuite est la seule issue possible.

— À chaque fois c'est le même scénario Romy. Tu es prête à le quitter puis tu y renonces.

— Pourquoi je n'arrive pas à le quitter ? Non mais je suis complètement à la ramasse. Comment je peux aimer un tel homme ? Parce que je l'aime ce connard qui est en train de baiser avec une autre et de bousiller ma vie ! Je vais brûler toutes ses affaires.

Je me relève et je me remets à arpenter le salon. Mes yeux se posent alors sur les fenêtres. Elles sont ouvertes. Je n'ai que quelques pas à faire et je pourrai sauter. C'est un instant de folie passager. Mais cet instant, aussi court est-il, me fait réaliser que j'ai envie de mourir.

Mourir ? Pour un homme ?

C'est scandaleux. J'atteins vraiment les limites du pathétique. Durant une seconde, j'ai eu cette pensée. Myriam et Sylvie m'ont retenue juste à temps. Elles me dirigent sur le canapé tout en me maintenant par les épaules. Je m'affale car je n'ai plus de force. Je ne parle plus, je tremble. Personne ne sait quoi faire pour me consoler. Je m'imagine des films dans ma tête : je vois Rayan arriver et je l'étrangle. Ou une autre scène, dans laquelle je le tue et je me tue ensuite. Je sais bien que cela ne se produira pas. Je n'ai pas l'âme sanguinaire. Mais psychologiquement, cela me fait du bien de le détruire en pensée. Une façon de m'aider à effacer son image. Je suis hébétée, névrosée et en larmes. Plus le temps passe, plus je deviens une loque. Je ne peux ni manger, ni boire ni bouger. J'attends. J'attends Rayan. Depuis 9h du matin, heure à laquelle Benoît m'a annoncé qu'il arrivait de suite, il est 16h lorsqu'il sonne à la porte. L'effet que me procure son sourire est immédiat : une caresse brûlante. Je suis en dessous du seuil de la désespérance, il le sait, Benoît a du lui raconter ma scène de rage dans tout mon appartement et le fait bien sûr que j'ai vu sa photo sur Instagram. Malgré tout il se pointe 7 heures après les faits, il est confiant et il sourit. Les autres se retirent pour nous laisser tout le loisir d'une discussion entre nous. Myriam me lance vite fait qu'elle reste dans les parages et que je n'ai qu'à l'appeler pour qu'elle rapplique si j'ai besoin d'elle. J'ai tellement hurlé et pleuré que je suis maintenant complètement vidée. Je regarde Rayan et ma rage de tout à l'heure s'en est allée. Non pas que je ne lui en veuille plus. Je suis simplement fatiguée. Mon accès de rage m'a fatiguée. Et l'attente de sa venue m'a épuisée.

— Qu'est ce qui s'est passé ici ? Vous avez eu une tornade ?

— Tu es sorti et tu ne m'as même pas tenu informée.

— C'est vrai mais les choses ont changé. Sonia a fait beaucoup de choses pour moi. Elle s'est vraiment investie pour que je sois libéré et que je ne fasse pas la totalité de ma peine. Elle a fait tous les papiers pour que je sorte. Alors oui, tout ce qu'elle a fait pour moi, cela nous a rapprochés.

— J'en ai fait aussi des choses pour toi.

— Là je te parle de ma libération, ce n'est pas rien tout de même. Elle s'est investie totalement pour que je sorte enfin.

— Mais à moi tu ne m'as rien demandé. J'aurais pu aussi les faire ces papiers si tu me l'avais demandé.

— Je n'ai pas eu besoin de lui demander. Elle l'a fait d'elle même.

— Je ne suis pas au courant de la paperasse. L'incarcération, les remises de peine, ce n'est pas mon milieu, moi je suis de l'autre côté.

— Oui je sais ton père était flic. Mais cela ne m'a pas empêché de t'aimer comme un fou.

— Tu réalises à quel point tu me fais du mal ? Est ce que c'est volontaire ? Est ce que cela t'amuse ? Est ce que tu es fou ? Je ne sais plus quoi penser de toi. Je ne sais plus qui tu es.

— Je suis désolée de te faire de la peine Romy. Je suis sérieux, je n'avais rien programmé avec Sonia. Mais quand je vois avec quelle passion elle s'est battue pour moi, c'est normal que mes sentiments se soient dirigés vers elle. Elle m'a redonné l'espoir et ma liberté. Toi tu ne me faisais que des reproches Romy, rappelle toi.

— Ce n'est pas juste de dire ça. Tu es toute ma vie.

— Je regrette de te faire de la peine. Je n'ai pas envie de t'en faire, cela ne m'amuse pas. Cela me mine au contraire après tout ce qu'on a vécu.

— Tu as toujours eu cette mauvaise empathie : tu fais du mal mais, au final, cela va te faire de la peine. Mais tu vas continuer à faire de la merde quand même.

J'essaie de comprendre ce que je veux malgré l'intensité de mes émotions : être avec lui-ne plus être avec lui, le voir-ne plus le voir. C'est un sacré bordel dans ma tête.

— T'inquiète pas. Je te donnerai des nouvelles.

C'est alors qu'il s'en va. Il me laisse en galère. Il ne reste même pas avec moi alors que je suis au bout de ma vie.
Il s'en va.
Il est parti.

***

9

Le temps passe et je réapprends à vivre sans lui. Ce n'est pas bien difficile du reste car même lorsque nous étions ensemble, je ne le voyais que rarement. Évidemment les choses auraient pu s'arrêter là. J'aurais pu, en me forçant un peu, rencontrer un autre homme, me laisser séduire, le trouver plaisant, me marier et avoir beaucoup d'enfants. Aurais-je été heureuse pour autant? Mon karma doit être hyper encombré par mes vies antérieures pourries pour ne pas saisir l'opportunité d'oublier Rayan. À savoir quelles fautes j'ai commises pour me retrouver dans cette vie, *complètement à la ramasse*. Ou alors j'ai un gros problème psychologique qui m'a traumatisée étant enfant pour être devenue une adulte, *complètement à la ramasse*.

Car je réponds encore aux coups de fil de Rayan qui me donne de ses nouvelles. Je devrais, logiquement, laisser le téléphone sonner, changer de numéro, déménager et partir dans une autre ville. Mais cela ne changerait pas grand chose finalement car je penserai encore à lui. La meilleure solution serait de m'engouffrer dans un trou noir pour me retrouver dans un autre espace temps. Cela serait suffisamment complexe, étrange et angoissant pour que mes neurones s'activent en mode instinct de survie et passer mon temps à comprendre une vie hors de ma réalité. C'est le seul moyen pour penser à autre chose. Étant donné que ces deux possibilités sont hors de mon contrôle, je subis de nouveau l'attraction Rayanienne qui se colle à moi. Naturellement, après quelques coups de fil, il me demande si je veux le voir. C'est comme demander à un plongeur qui a mal fixé sa bouteille d'oxygène s'il a besoin d'un peu d'air pour remonter à la surface. La réponse est oui bien sûr, quelle question ! : c'est une nécessité si je veux revoir la lumière du jour. De toute façon, il n'est plus dans ma vie. Il roucoule avec Sonia. Il peut lui faire les yeux doux, vivre avec elle, avoir des projets avec elle. Je sais qu'il lui sourit, qu'il lui fait l'amour et qu'il n'a pas l'intention de la quitter. J'ai toujours eu en horreur non seulement les hommes qui trompaient leur femme mais également les maîtresses qui ne respectaient pas les épouses en batifolant avec leur mari. Mais cette fois ci je m'en contrefiche. J'étais là bien avant cette salope de Sonia. Elle ne s'est pas gênée, elle, pour me piquer mon mec. D'accord, je ne suis plus avec Rayan. Mais nous couchons ensemble de temps en temps. Durant ces rares moments d'étreinte, j'apprécie chaque seconde passée avec lui. Je chronomètre chaque caresse que je lui fais sur sa peau, je me délecte de ces petits moments où le bien être m'envahit. Je ne suis plus sa prisonnière puisqu'il n'est plus dans ma vie. Il est juste dans mon lit. Je profite de ces instants à deux pour renouer avec l'extase, subir délicieusement une jouissance à l'état pur. Puis, il retourne chez lui et ma vie reprend son cours. Je pense que je commence peu à peu à digérer mon amertume. Nos instants sont faits de plaisir que nous partageons. Rien de plus. Je n'attends rien. Si ce n'est le moment où nous allons nous voir.

— J'ai faim, on se fait des gnocchis ? me demande Myriam qui est passée chez moi et à qui j'ai raconté ce que je vivais en ce moment.

Elle connaît toute l'étendue de ma passion dévorante pour Rayan et encore une fois, elle ne me juge pas.

— Noon, pas de gnocchis, ça me dégoûte.

— C'est vrai qu'on en mange trop, répond-elle en riant.

— Alors quoi d'autre ? C'est quoi ce truc que tu manges ? poursuit-elle en regardant mon petit bol.

— J'arrive pas à manger autre chose.

— Mais c'est du concombre.

— Ouais, bon passe moi le sel. Tu en veux un peu ?

— Quoi ? Tu me proposes du concombre bourré de sel ? T'as vraiment pas mieux ? Mais tu le manges en plus !

Elle n'en croit pas ses yeux tandis que j'avale goulûment des tranches vertes dans lesquelles j'ai du verser une tonne de sel.

— Non mais sérieux, attends je vais cuisiner un truc. Tu vas pas finir ça c'est dégueulasse.

— Il n'y a que ça qui me va. Ou alors peut-être un MacDo.

— Ah quand même ! Tant à se goinfrer de mal bouffe hein ? répond-elle tout en souriant et en lorgnant mon bol de concombres.

Je ne peux pas lui répondre car je sens un nœud dans mon ventre. La seconde d'après je fais un sprint jusque dans la salle de bain.

— Ça va pas Romy ? me demande la voix inquiète de Myriam.

Je fais des bruits de gorge et une éruption de liquide et de lave verdâtre sort de ma bouche.

— Romy, franchement ? T'en as mangé combien ?

C'est alors que je croise le regard de Myriam tandis que je m'essuie la bouche avec une serviette éponge. Je crois vraiment que nous sommes connectées toutes les deux.

— Tu es *sûre* que ça va ?

Je sais ce qu'elle veut dire sans oser l'exprimer. Car je viens d'avoir la même pensée. Je fais un rapide calcul dans ma tête. Même si je ne suis pas une fervente admiratrice des mathématiques, le calcul est assez simple.

— Non ça va pas. Ça ne va pas du tout.

Myriam a du remarquer mon regard devenu soudain anxieux et ma peau blanchir à vue d'œil car elle me demande gentiment :

— Depuis combien de temps ?

— Oh c'est pas vrai ! J'aurais du les avoir il y a un peu plus d'une semaine.

— Mais ... tu ne te protégeais pas ?

— J'ai arrêté de prendre la pilule depuis que Rayan est en prison. Ça m'aurait servi à quoi ? Là il devait faire attention jusqu'à mes prochaines règles car j'ai l'ordonnance pour ma pilule. De toute façon, je m'inquiète pour rien. Il a mis un préservatif. Je dois avoir une gastro. J'ai du manger un truc qui passe pas. Ces fichus concombres. Je ne sais même pas pourquoi je n'arrive pas à manger autre chose.

— D'accord, tu as raison, il est inutile de s'emballer. Si tu veux, je peux passer à Monoprix et aller chercher un test.

— Un test de grossesse ? Mais pour quoi faire ?

***

Je me souviens d'un épisode de mon enfance. Comme ça, sans crier gare, le souvenir refait surface. Dois-je comprendre quelque chose ? Est-ce que mon inconscient, par ce biais, essaie de me *dire* quelque chose ? Je ne suis pas très futée en ce moment, je ne fais que des conneries alors mon inconscient doit se montrer plus clair s'il a des informations de la plus haute importance à me communiquer ! Quoiqu'il en soit, je revis la scène quand j'avais 6 ans et les sanglots ne me lâchent plus. Si je dois pleurer ça devrait être plutôt parce que je n'arrête pas de courir vers la trappe obscure que je referme d'un coup sec. En jetant la clé en plus. Parce qu'il est évident que je m'élance comme une forcenée vers les conneries. Ou alors elles me suivent à la trace et me rattrapent toujours. J'aurais du habituer mon esprit à un peu plus de rapidité, genre exercice de concentration intense qui m'aurait permis de RÉFLÉCHIR avant d'agir. Sans doute que si je m'étais astreinte à un tel entraînement intensif, ma vie aurait pris une tournure plus heureuse. Mais non je suis la lauréate des couillonnes.

— Allô Rayan ?

Bon, je n'y vais pas par quatre chemins.

— Il faut que je te dise quelque chose. Je suis enceinte.

Il fallait que je lui fasse un choc. Ça me fait un bien fou de lui asséner d'ailleurs car c'est le seul moyen de le voir débarquer. Je n'avais pas envie d'attendre encore six mois avant de le voir. J'ai trop goûté à ses : *J'arrive de suite*. Soit nous n'avons pas la même notion du temps. Soit nous n'avons pas la même définition, soit il vit dans un monde de lenteur extrême. Mais je crois tout simplement que nous n'avons jamais donné le même sens à cette phrase. Nous n'avons jamais eu la même réalité.

En attendant qu'il rapplique, le souvenir larmoyant revient me hanter. J'avais 6 ans et je devais passer le weekend chez ma grand-mère. Comment la décrire sans être trop sévère ? Ça va être difficile. En fait, elle a marqué de manière bien nette, sans prendre de gants, sans se soucier des répercussions sur mon petit être fragile, sa préférence pour ma cousine. Tout ce que cette dernière faisait était à ses yeux toujours absolument fantastique, majestueux, mirobolant, extraordinaire. En un mot, parfait. De toute façon, en règle générale, tout ce que les autres faisaient, c'était toujours mieux que moi. Ce weekend là j'étais malade, j'avais mal au ventre. Malgré tout, elle m'a obligée à aller chez ma cousine. J'avais peur de ses parents. Ils me faisaient trembler d'effroi. Je suis métis et ma grand-mère est black. Pourtant au seul souvenir du visage noir de ces gens là, je tremblotais d'une peur irraisonnée et je n'avais qu'une envie : me cacher pour qu'on oublie ma présence. D'autres options s'offraient à moi : me jeter sous le lit ou m'enfermer volontairement dans un placard pour ne pas avoir à croiser leur regard. Je ne sais pas comment cette frayeur s'est installée en moi. Peut-être leur tenue vestimentaire y était-elle pour quelque chose : de longues tuniques colorées et de longs colliers faits de plumes. J'imaginais alors qu'ils avaient tué un poulet pour récupérer sa crête. Et mon imagination a fait le reste. À cette époque là, je les voyais comme des sorciers vaudous. J'ai voulu appeler ma mère pour retourner à la maison mais ma grand mère m'a pris le combiné des mains et a raccroché. Je suis donc partie avec elle et sans doute que mon état, je l'ai aggravé. Je me suis créée une sorte de gastro : fièvre et tout le tralala. Ils m'ont fait aller aux îles de Lérins sans se préoccuper de ma condition physique. Sur le bateau j'étais malade comme un chien mais personne ne s'en est inquiété. Je crois qu'ils s'en fichaient. Tout ce qu'ils voulaient c'était aller se baigner et le fait que je ne sois pas au top de ma santé n'allait certainement pas gâcher leur excursion. Le soir venu, ma fièvre était plus forte. Enfin, je crois. Je me souviens que je me sentais brûlante, que mes yeux se fermaient. J'étais une petite brindille qui avait du mal à avancer lorsque nous sommes rentrés. Mais il y avait mon papy à l'intérieur. Alors il était hors de question que j'entre dans la maison n'est ce pas ?

— Si tu es malade, m'a dit ma grand-mère, autant ne pas refiler ce que tu as à ton grand père. Tu ne rentres pas.

Et ce fut tout. Mon cas était inintéressant. Je ne sais pas ce que faisait ma cousine pendant ce temps, sans doute quelque chose d'extraordinaire, car ils m'ont tous plantée là, dans le jardin. J'ai voulu me mettre dans la balancelle mais elle était occupée par des pots de plante. Alors je suis allée au fond du jardin, sur deux chaises, pour m'allonger. Quand ma mère est venue me chercher le soir, j'ai eu beau lui raconter ce que j'avais du endurer, elle ne m'a pas crue. Parce que là, j'étais dans un lit. On n'allait pas me laisser dans le jardin pour l'arrivée de ma mère tout de même. Ma mère prit cela comme un petit délire fiévreux. Après tout je n'avais que six ans et à cet âge là on a tendance à extrapoler, on a beaucoup d'imagination. Ne pas être crue par ma mère m'a peinée profondément. Et j'ai grandi comme ça, en sachant que quoique l'on pourrait me faire, je n'aurais jamais le dernier mot.

Je sursaute quand on frappe à la porte. Tant mieux, mes souvenirs se sont arrêtés net. Un autre genre d'ennui m'attend dès que je vais ouvrir la porte.

— Mais c'est quoi ce bordel ? Comment c'est possible ?

Rayan tremble un peu, il n'est pas du tout à l'aise. Il essaie visiblement de comprendre comment un homme peut rendre une femme fertile. J'hésite pour lui faire un cours d'anatomie suivie d'une explication détaillée sur les conséquences possibles d'une relation sexuelle.

— Bon sang, j'ai toujours mis un préservatif. Qu'est ce qui s'est passé ?

— Ça n'a pas marché.

— Tu crois que c'était le lubrifiant qui était trop gras ?

— J'en sais rien.

— Ça a du endommager le préservatif. Mais je ne me souviens pas qu'il se soit déchiré.

— Ce n'est pas la peine d'essayer de comprendre comment ça a pu arriver. C'est comme ça, c'est tout.

— Qu'est-ce que tu vas faire ?

Je le regarde longuement. C'est la première fois que je le vois aussi anxieux. Par contre, j'ai pris l'habitude de son égoisme. J'aurais préféré qu'il s'implique un peu plus dans la situation. Le mieux aurait été : Qu'allons NOUS faire ? J'ai cette impression diffuse qu'il est en train de se dédouaner de toute responsabilité.

— J'ai pas de boulot, reprend-il, j'ai plus un rond, je suis sous surveillance policière, et je n'ai pas non plus l'intention de quitter Sonia. Tu l'as fait exprès ?

— Et comment j'aurais fait ? Tu l'as dit toi même, tu as toujours mis un préservatif.

— C'est à devenir fou. Il est de moi ?

Je ne ressens aucune colère. Seul un grand vide s'empare de moi.

— Évidemment. Je n'ai qu'un seul partenaire, moi.

— Je ne t'ai fait aucune promesse et tu connaissais ma situation, ce n'est pas le moment. J'en sais rien en fait.

— Je ne suis pas ce genre de femme Rayan. Je ne m'arrange pas pour tomber enceinte et essayer ainsi de te récupérer. Si c'est à ça que tu penses. Je ne garderai pas un enfant juste pour t'obliger à rester, alors déstresse. Tu ne vois pas que ça m'angoisse aussi ?

Mon portable se met à sonner. C'est ma mère. Elle est au courant. Mon beau père aussi. Ils ont été compréhensifs. Cela m'a même étonnée de la part de mon beau père. Dès que je leur ai annoncé la nouvelle, il m'a pris la main et a dit sans détour :

— D'accord, ne t'inquiète pas. Ça va bien se passer, on va trouver une solution.

La réaction de ma mère a été moins chaleureuse. Elle s'est levée de table, décomposée, puis est revenue quelques instants après. Je crois qu'elle aurait préféré que je lui annonce que je suis diabétique au dernier degré plutôt que lui annoncer *ça*.

— Allô Romy ?

Ben oui, tu m'appelles à mon numéro. Qui tu crois avoir au bout du fil maman ? Tu pensais joindre ma cousine ou quoi ? T'es pas trop déçue ?

Mais je réponds simplement :

— Oui, bonjour maman.

— Tu l'as dit à Rayan ?

— À l'instant. Il est là.

— Très bien, passe le moi.

Je tends le combiné à Rayan qui me regarde d'un air toujours aussi hébété. Je le vois peu à peu se diriger dans la salle de bain pour discuter tranquillement. Aucun des deux n'a envie que j'entende la conversation. Le plus étrange dans l'histoire c'est qu'ils ont parlé, montre en main, durant une heure et quart. Je ne sais pas encore que je ne saurai jamais ce qu'ils se sont dit.

***

10

On peut prendre la décision de mettre un terme à une grossesse sans culpabiliser ni sombrer dans un désespoir tenace. En toute sincérité, j'ai vécu la chose sans la réaliser totalement. Non pas que je sois atteinte par la débilité galopante mais plutôt parce que je m'y suis prise à temps. Avaler une gélule n'est pas innocent. C'est juste beaucoup moins stressant. Pour une opération, j'aurais réagi autrement. Peut-être que j'ai un peu honte d'avoir eu une attitude aussi légère pour me retrouver dans cette situation. On croit que de nos jours avorter n'est plus stigmatisant. En fait, ce que je regrette le plus ce sont les regards lourds de reproches que je saisis au vol. Ou crois saisir. Je ne sais pas si ce n'est pas mon imagination qui s'emballe quand je croise le regard de ma mère ou de certains de mes amis. Sans oublier le regard ténébreux de Rayan. Cela fait quelques jours déjà que son éternel sourire béat a disparu de son visage pour laisser la place à une lividité quasi cadavérique. Voir Rayan loin de son rôle de séducteur est tout nouveau pour moi. Même s'il reste toujours le même, celui qui prend tout à la légère. Qui ne se pose même pas la question de savoir si je vais bien. Pour lui le problème a été résolu. Il peut passer maintenant à autre chose, sans regret. Ce que je trouve insupportable, c'est de le voir tranquillement en train de dormir sur mon fauteuil. Le médecin m'a bien fait comprendre qu'il ne fallait pas que je reste seule. Sait-on jamais si j'avais une hémorragie. Avec la malchance qui me pourchasse, je crains un peu les rares effets secondaires dûs à la pilule abortive. Alors j'aurais aimé que Rayan soit plus attentif au lieu de ronfler sur mon divan. J'ai mal au ventre. Je regarde l'homme que j'aime et c'est alors que je peux presque entendre le déclic. C'est une sensation diffuse comme si on ouvrait devant moi un rideau lourd posé auparavant sur mon mur. Je le vois s'étirer lentement et j'aperçois l'extérieur de la pièce. J'ai une impression de recevoir une puissante bouffée d'oxygène. Et c'est à ce moment là que j'ouvre réellement les yeux. Je me sens triste et soulagée en même temps. Qu'aurais-je fait avec un enfant de Rayan ? Je ne pouvais pas le retenir contre son gré même si je savais déjà avant qu'il ne formule ses pensées qu'il n'aurait jamais été un père présent. Je ne veux pas d'un enfant qui soit au mieux toléré par son père et au pire complètement rejeté. Je connais les dégâts engendrés par le rejet familial. Sans avoir vécu une enfance à la Cosette, je porte encore en moi les égratignures d'un manque d'affection et surtout de reconnaissance. Pendant que je me tords silencieusement de douleur, je me tiens le ventre, le regard toujours posé sur Rayan endormi. Quelque chose change un moi.

Je suis en colère contre Rayan.

J'ai souvent été abattue, angoissée, chagrinée par lui. J'ai passé le plus clair de mon temps morose, découragée et déprimée. À partir du moment où il est entré dans ma vie, combien de minutes au juste ai-je été heureuse ? Quand je l'avais tout à moi. C'est à dire exceptionnellement et pour un court instant j'oubliais tout mon ressentiment. Je grimpais sur le sommet du nirvana dès que j'étais dans ses bras. La chute était toujours brutale. Comment ai-je pu m'en contenter ? J'attendais ces moments privilégiés durant des jours et des semaines. À patienter. Je l'aimais. Je l'aime toujours. Mais ce soir, j'entends le message essentiel que veut me transmettre ma nouvelle émotion : je suis indignée par le peu d'attention qu'il m'apporte dans ce moment délicat de ma vie. Je ressens la frustration et ce décalage évident entre la réalité et celle que je me suis imaginée. Je pourrais le secouer, lui hurler dessus pour qu'il se réveille et fasse un peu attention à moi. C'est pour ça qu'il est là ce soir. Je pourrais agoniser devant le divan, il ne me verrait pas, ne m'entendrait pas. Car seul lui importe après tout de dormir quand il en a envie.

Je suis en colère.

En colère contre ma vie pénible et injuste que j'ai choisie. Mais la limite a été franchie. Je me sens abusée, flouée. Quelle que soit la discussion que je pourrais avoir avec lui pour tenter de lui faire comprendre mon ressenti devant son égoïsme, son indifférence et sa non moins flagrante insensibilité qu'il ne comprendrait rien. Toute tentative de communiquer avec lui est stérile. La douleur se fait de nouveau ressentir dans le bas de mon ventre. J'ai besoin de respirer un autre air.

Avorter n'est pas traumatisant en soi même s'il peut être mal vécu. Le plus choquant c'est de comprendre finalement que cette minime vie que je viens d'arrêter n'a même pas eu la chance d'être aimée par lui. Il ne m'aime pas. Il ne s'inquiète même pas pour moi. Ce n'est plus possible.

Je suis en colère.

Je ne veux plus qu'il me touche. Un avortement n'est pas traumatisant en soi quand on sait qu'on a pris la bonne décision. Mais cela nous conduit inévitablement à un retournement de notre situation. Je ne suis pas faite que de chair. J'ai un cœur qui bat. J'aurais pu en avoir deux. Par respect pour le deuil que je subis en solitaire, il est de mon devoir de faire le bon choix. Il n'y en a qu'un du reste : me libérer de son emprise. Je ne laisserai plus à personne le droit de me faire du mal.

11

Est-ce que l'air que l'on respire possède plusieurs odeurs ? Est-ce notre mental qui détermine son odeur particulière ? Respirer est-il devenu si machinal que l'on inspire et expire sans rien ressentir d'autre qu'un léger mouvement de la cage thoracique ? Je sais que je me pose toujours des questions absurdes dont les réponses doivent l'être tout autant. Cependant je remarque que depuis que j'ai réussi à me débarrasser de l'emprise de Rayan, je sens réellement un autre air. Un peu comme si je me retrouvais défaite d'un mouchoir scotché sur mon visage. Je vois et je respire sans contrainte. Je ne suffoque plus, je ne recherche plus constamment à retrouver une respiration régulière. Je vis tout simplement, en phase avec moi même. Il m'en a fallu du temps pour sortir de l'impasse d'une relation vouée à l'échec. Maintenant, je n'ai plus envie d'être en couple. Plus jamais. Je vais rester seule jusqu'à la fin de mes jours, dévorée par mes chats.

— Arrête de dire ça ! réplique Myriam en s'esclaffant. Tu n'as même pas d'animaux chez toi.

— Pour l'instant. Mais j'ai bien envie d'avoir un compagnon de route. Et pour en avoir un fidèle, je vais me prendre un chien.

— Tu ne peux pas savoir de quoi demain sera fait. Laisse faire le temps.

— Comme elle m'énerve cette phrase : laisser faire le temps ! Je ne me suis pas réveillée un beau matin, l'air de rien pour faire un petit caprice. *Je ne veux plus être en couple* est une réflexion due à ces quatre années d'emmerdes que j'ai vécues avec... l'autre tordu. C'est une évidence maintenant pour moi. Je veux être seule. J'en ai besoin. J'en ai envie !

— Ça d'accord, je comprends. Après ta rupture c'est normal que tu penses de cette manière. Tu crois que tu n'arriveras plus à aimer.

— Je ne vois pas ce qu'un homme pourrait m'apporter. Et en plus, je n'ai plus rien à donner. Il m'a tout pris.

— C'est juste momentané, le temps que tu digères un peu tout ce que tu as vécu. Ce que tu ressens est normal mais ce ne sera jamais définitif. Je crois même que rencontrer quelqu'un d'autre pourra t'aider à faire ton deuil. De toute façon, tomber amoureuse ne se contrôle pas. Tu ne peux pas décider d'aimer ou non. Ça arrive, voilà tout. Et surtout quand on s'y attend le moins. Fais juste une pause. Vis, sors, bouge... et tu verras que bientôt tu iras mieux.

— Tu es gentille Myriam mais tu ne comprends pas. J'ai tout donné à... tu sais qui... et il ne me reste plus rien à offrir. Je l'ai encouragé, soutenu et aimé... et en retour j'ai été déçue, blessée et anéantie. Ça ne me donne pas envie de recommencer tout un manège de romance pour plonger tête baissée dans la gueule du loup. Les hommes font trop mal. Avec Rayan, j'ai atteint mon niveau de tolérance.

— Romy, il est bon de dire son prénom. Tu vois, tu réussis à l'expulser de tes pensées, ce tordu, oui, qui t'a fait tant de mal. Oh, j'ai envie de lui fracasser le crâne. Que sa copine le trompe avec tous les mâles du coin, cela lui donnera une bonne leçon ! Je suis là. Je te jure que tout ira bien. Tu es trop belle pour rester seule. Essaie juste de tomber amoureuse de quelqu'un de bien.

— Tu viens de me dire que l'amour ne se contrôlait pas. Alors quoi ? Comment veux tu que je *choisisse* quelqu'un de bien ? Qui te dit que le prochain ne sera pas aussi un emmerdeur de première qui fera semblant de m'aimer juste parce qu'il veut une femme régulière dans son lit ? Non c'est fini. Il y a plus urgent et des choses plus essentielles à faire que cette quête hypothétique d'un amour partagé : m'occuper de moi. C'est ce que je vais faire à partir de maintenant.

Mon téléphone fait un bip pour m'annoncer un nouveau message. Je teste un regard serein tout en me disant que si c'est encore Rayan, je suis prête à prendre le voile ou partir en pèlerinage sur les terres de Compostelle pour ne pas retomber dans ses filets. Je sais ce que je veux dorénavant. Et surtout ce que je ne veux plus. Il va me falloir beaucoup de courage pour effacer ce monstre de ma vie. Mais je tiendrai bon cette fois ci. Je me sens beaucoup mieux. Je me sens libre. Et cette sensation d'affranchissement de l'esclave pour son Maître, je veux la respirer encore. Pour cela, je dois le garder à distance. Et je jure que je le ferai.

— *Stéphane ?* me lance Myriam d'un petit air comique. Mais c'est qui ?

— C'est juste un type que je connais. En fait non je ne le connais pas, je ne me souviens pas de lui. Au lycée pourtant toutes les filles disaient : «Oh Stéphane, il est magnifique !» Mais moi déjà à cette époque j'étais dans une autre histoire. De toute façon au collège et au lycée, mes amours ont été dramatiques. J'ai toujours eu des histoires de merde finalement. Ça doit être mon karma.

— Et pourquoi on ne le connait pas, nous ? Tu le caches ?

— Je l'ai croisé au Monoprix du coin quand j'allais faire mes courses. Il m'a abordée très gentiment. Bon, j'exagère, je me souviens vaguement de lui mais il n'était pas dans ma ligne de mire à l'époque alors...

— Tu lui as laissé ton numéro ?

— Ben oui mais comme ça, sans plus. En fait, quand je l'ai croisé c'était le jour de Noël. Il était seul. Tu me connais, ça m'ennuie de voir que quelqu'un est seul un soir de fête, ça me fait de la peine. Alors j'ai failli l'inviter. En toute amitié. C'est comme qui dirait une sorte de charité de Noël. Mais je ne l'ai pas fait. J'avais encore l'autre tordu dans la tête et je voulais tellement que ce soit lui qui accepte l'invitation.

— Et bien raconte moi. Comment ça s'est passé ? Qu'est ce qu'il t'a dit ?

— J'étais habillée pour l'occasion tu vois, maquillée, pomponnée, j'étais déjà chez mes parents mais ils avaient oublié les champignons. Alors j'ai vite fait un saut au magasin pour aller en prendre et c'est là que j'ai croisé Stéphane.

— Quand tu dis qu'il était seul, tu veux dire qu'il est célibataire ?

— Myriam, ne commence pas à délirer. Ensuite voila quoi il est parti de son côté et moi du mien. Et puis je l'ai recroisé il y a quinze jours. Toujours au magasin. En fait on n'habite pas très loin l'un de l'autre. On a échangé nos numéros. Rien que du très banal en somme. On s'envoie des messages.

— Il te plaît ?

— Il n'est pas mal du tout. En fait...

— Vas y raconte !

— Je lui plais. Il a quitté sa copine pour moi. Il me plait aussi mais bon sang ! Je n'ai pas envie de tomber dans le piège. Quand je dis que je ne veux personne dans ma vie, je ne plaisante pas.

— Je sais que tu le penses vraiment. Mais s'engager dans une autre relation, avec un homme à qui tu plais et qui est honnête avec toi, cela peut t'amener à reconsidérer ta situation.

Je fais non de la tête. Je sais comment je suis. J'ai beau prendre des décisions, il est rare que je m'y tienne. Toutes ces contradictions ont infecté ma vie depuis près de quatre ans maintenant. Il faut que je garde le cap pour ne plus flancher.

— Myriam, je ne peux pas me comporter comme une girouette. Je dois, une fois dans ma vie, prendre une décision et m'y tenir. J'ai dit que je ne voulais plus personne dans ma vie. Alors je ne vais pas commencer à me contredire deux minutes après en agissant comme tu aimerais que je le fasse.

— Je ne te dis pas de te jeter dans ses bras là tout de suite maintenant ! Je te dis juste de ne pas fermer ta porte. Qui sait s'il ne t'aidera pas à aller mieux ? Et si en plus il est mignon...

Je crois que je dois avoir deux aimants dans le cerveau qui foutent le bordel dans mon champ magnétique. Depuis Rayan, je suis devenue une indécise chronique, incapable de maintenir un objectif. Pétrie de contradictions, un coup je vois tout blanc et la minute suivante je suis dans le noir complet. Je ne fais rien de ce que je me suis dit. J'agis dans le désaccord total qui était d'agir d'une manière totalement opposée à ma conviction première. J'attends en fait que quelqu'un d'autre décide à ma place. Il m'est pénible de faire un choix ou de me tenir à un programme dans lequel j'ai pourtant mis toute ma conviction. Car tout choix a ses avantages et ses inconvénients. Il y aura de toute façon un prix à payer, quelle que soit la décision finale. Rester vieille fille à mon âge me plonge dans l'angoisse. Renouer une nouvelle relation amoureuse m'enfonce également dans l'appréhension. Il y a ce que la raison me dicte dans mon cerveau et ce que mon cœur me proclame. C'est pourquoi une minute après avoir clamé haut et fort que je ne voulais plus de contact avec un homme, ma curiosité prend le dessus. J'ai envie maintenant de faire un essai. Un petit test. Voir ce que cela me fait de coucher avec un autre homme. Stéphane est omniprésent dans ma vie avec ses messages et son comportement protecteur envers moi. Il est tout le contraire de Rayan. Car Stéphane pense à mon bien être constamment. Au fil des messages, j'apprends à le connaître un peu mieux. Quand nous nous voyons, j'apprécie l'homme. Je sais que je lui plais. Il ne joue pas avec moi. Il a l'air honnête. Hier j'étais malade. Je suis allée au boulot avec le nez bouché et des raclements de gorge qui ont fini par m'égosiller. Stéphane est arrivé dans mon bureau pour m'apporter des médicaments qui soulagent. J'ai été agréablement surprise par l'intérêt qu'il me porte. Il n'a pas peur de ses sentiment, lui. C'était trop mignon de le voir avec son petit sac me sortir un sirop et des gouttes. Je n'ai jamais eu quelque chose d'aussi chou dans ma vie jusque là. J'ai donc succombé à ma curiosité, j'ai couché avec lui. Ce n'était ni sauvage, ni brutal. Il n'y avait pas cette tension animale entre nous. Ce fut juste un moment délicieux fait de tendresse. Tout se passe donc très bien. Le seul hic vient du fait qu'il a un enfant de deux ans. Mais je ne dois pas oublier que le temps passe et que les hommes que je rencontre maintenant ont déjà eu des histoires.

— Oui ?

— Qu'est ce que tu fous avec ce mec ? Quitte-le !

Je regarde mon téléphone, l'air hébété. J'étais à mille lieux de penser à Rayan que j'ai décroché sans regarder qui appelait. Le voilà qui rapplique avec ses intonations de loup et ses idées folles.

— Rayan ? Mais c'est pas vrai, laisse moi tranquille !

— Quitte-le ! Et reviens avec moi. On va se remettre ensemble. Je te veux toi, je quitte Sonia.

— Arrête, c'est fini, tu l'as dit toi même. Tu ne quitteras jamais Sonia. Et même si tu le fais, dans quelques temps tu la recontacteras, elle ou une autre. Je ne veux plus que tu m'appelles.

— Quitte l'autre connard et reviens. C'est toi que je veux, je le sais maintenant. Je pense à toi constamment. J'ai ouvert les yeux, c'est toi que je veux. Tu ne peux pas avoir oublié tout ce qu'on a vécu tous les deux. Tu te souviens comme c'était chaud et intense ?

Oui je me souviens. Bien sûr. Je me revois étendue sur le lit, soumise à ses mains baladeuses. Ses doigts qui glissent sous la dentelle de mon string... je me cambre pour accentuer la pression de mes fesses contre son membre durci et dressé... il rejette la tête en arrière en murmurant mon prénom... Nos langues qui se cherchent dans une explosion de plaisir... Puis la douceur de sa queue qu'il enfonce dans ma bouche... Il agrippe une lourde mèche de mes cheveux pour me tirer la tête en arrière et faire se croiser nos regards... lui le souffle court tandis que je le gobe de plus en plus vite... lui qui goûte ensuite mon fruit défendu.

— Arrête maintenant Rayan. Arrête de m'appeler. Tu as dit que c'était fini et bien ça l'est !

J'ai les larmes au bord des yeux quand je raccroche et j'ai l'impression que mon cœur va éclater tant son rythme est endiablé. Mais je tiens bon. Je dois me résoudre à penser que l'amour bestial, la passion et toute la malédiction de nuits torrides que Rayan m'a fait subir ne sont rien en comparaison à la douceur et à la tendresse de Stéphane. Je ne suis plus une jouvencelle que l'on doit initier aux plaisirs charnels. J'ai connu la brûlure exquise, le feu, l'embrasement des sens, la passion dévorante. Et puis les doutes, les peurs, la jalousie et la déprime. J'ai le droit au bonheur. J'aime faire l'amour avec Stéphane. Je me sens moins coquine peut-être. Je ne me consume peut-être plus autant. Mais je suis bien avec lui. Il calme mes ardeurs là où *l'autre* les allumait. En même temps, il m'apporte une confiance en moi que j'avais perdue en cours de route. Il m'aime, il me me dit. Il me le prouve le jour et la nuit. C'est Stéphane que je veux.

J'aurais du me douter que les lutins maléfiques n'allaient pas se débarrasser de moi aussi facilement. Je suis une trop belle prise pour eux. Je pense qu'ils doivent tous passer un bon moment de détente en trouvant tous les moyens pour me pourrir la vie. Car voilà que Benoît cogne à ma porte et me hurle dessus comme si c'était le seul moyen pour me faire passer un message.

— Il est où ton copain ? Je comprends pas que tu fasses ça à Rayan ! Il est malheureux à en crever et j'aime pas voir mon meilleur ami dans cet état. Alors quitte ton zouave et appelle Rayan ! Quitte ce type putain, ou ma parole je vais le taper. Comment tu peux faire ça à Rayan ?

C'est au tour de Benoît maintenant de me la jouer homme des cavernes serial killer à ses heures perdues.

— Non mais sérieux Benoît ? Tu entends ce que tu dis ? Ma parole tu as bu ou quoi ? Non mais pour qui tu te prends au juste ? De quel droit tu me donnes des ordres concernant celui que je dois aimer ? Je te signale que ton meilleur ami m'a quittée pour une autre. Juste avant il roucoulait devant moi en me disant des mots d'amour. Qu'il disait en même temps à une autre. Ça va faire quatre ans que je l'attends, que j'espère. Il a tout foiré, alors maintenant il faut me laisser tranquille.

— Mais tu ne vois pas qu'il regrette ? Tu es insensible ou quoi ? Si tu l'aimais vraiment, tu lui donnerais une autre chance.

— *Une autre* chance ? Je lui en ai déjà donné beaucoup et c'est toujours la même histoire. Il se lasse quand il est en territoire conquis. Là il doit bouillir de me voir heureuse sans lui. Je ne suis plus en son pouvoir et c'est ça qui l'emmerde. Il ne peut pas vivre sans avoir toutes les femmes à ses pieds. Moi je veux un homme dans ma vie. Un homme qui m'aime, moi. Et pas toutes celles qu'il rencontre !

— Rayan est mon meilleur ami et tu le fais souffrir là. C'est insupportable de le voir malheureux, lui qui est toujours si plein de vie !

— C'est lui qui m'a quittée. C'est lui qui m'a trompée. Et c'est aussi lui qui m'a mentie. Alors soit tu me laisses vivre ma vie comme je l'entends Benoît, soit tu ne fais plus partie de mes amis. C'est quand même incroyable d'être harcelée par vous deux ! Et ne t'inquiète pas pour Rayan. Les larmes de crocodiles... Depuis le temps que tu le connais, ton meilleur ami, tu dois savoir ce que ça veut dire !

Je suis très fière de moi. Je n'ai pas flanché.

— En fait, tu ne l'as jamais aimé.

Je suis hors de moi d'entendre de telles âneries. Car je sais que Rayan, malgré son comportement odieux, aura toujours une place dans mon cœur. Mais je ne peux pas vivre dans un état de soumission permanente. Je tiens bon. Ce soir c'est la Saint Valentin et Stéphane vient de me dire qu'il m'a concocté une surprise. Je reçois encore des messages de Rayan, je lui réponds d'arrêter. Je vois bien que Stéphane lorgne dans ma direction. Il connait mon histoire avec l'autre zouave. Mais il a confiance en moi. Il voit bien que je ne veux plus de Rayan dans ma vie. Pour la première fois que j'ai une Saint Valentin *normale*, avec un mec *normal*, je décide d'éteindre mon portable. C'est le seul moyen. Rayan ne réussira pas à me gâcher cette soirée. Au fond de moi tout de même je me demande pourquoi Stéphane ne prend pas le relais. Il serait facile pour lui de décrocher le téléphone et de dire ses quatre vérités à mon harceleur. Il ne voit pas à quel point il cherche à rester dans ma vie ? Son insistance intrusive, sa tyrannie devant mes rejets systématiques de renouer contact et maintenant la violence verbale de Benoît, tout cela risque de nous entraîner dans un cercle vicieux et fragiliser notre couple tout récent.

Prends le téléphone Stéphane et menace Rayan de représailles, parle d'une voix forte et maîtrisée et dis lui qu'il doit arrêter de nous casser les couilles car je suis avec toi maintenant. Montre toi ferme et macho si ça te fait plaisir car ça Rayan le comprendra. Prends ma défense Stéphane. Essaie de sauver notre couple en nous débarrassant de lui. Fais en sorte qu'il ne soit plus dans nos pattes. Tu es un homme, tu es sensé être fort. Protecteur même. Alors, pourquoi tu me laisses tout gérer seule? Tu vois bien que je ne m'en sors pas.

Cette pensée est quelque part en moi et je n'arrive pas à la visualiser correctement. En fait, c'est plus une sensation, un malaise, un non dit. Elle disparaît très vite d'ailleurs car le soir de la Saint Valentin, Stéphane fait des prouesses. Mon téléphone éteint, je peux profiter au maximum des massages coquins que mon homme entreprend sur mon corps. Je ne pense plus à Rayan. Qu'il reste avec sa folle dingue psychopathe. Ah ils se sont bien trouvés tous les deux ! Je ferme les yeux et je me laisse aller au charme du moment. Il n'y a plus que Stéphane et moi. Il n'y a plus que ses mains sur mon corps. Comme cela fait du bien d'être apaisée. Le silence radio fait des miracles ! Loin des yeux, loin du cœur monsieur le bourreau. Rayan n'est qu'un homme à paroles. Stéphane est un homme d'actes. Il n'y a pas d'envolés lyriques avec lui, il n'y a pas non plus de coups de poignards. Je reçois de l'affection, c'est sans doute tout nouveau pour moi. Je pensais que mon seul fournisseur officiel était Rayan. C'est parce que j'avais oublié ce que représentait la tendresse. Allô la terre, il me faut quelqu'un qui m'aime ! Et il est arrivé. Je dois poursuivre mes efforts pour gérer et contrôler ma vie affective. Tous les vieux démons qui se jetaient sur moi avec une violence inouïe à chaque fois que je recevais un texto de Rayan viennent de s'écraser devant mon silence. Stéphane est tellement gentil avec moi que je ne vais pas le quitter pour un connard qui me fera encore souffrir. Rayan ne me mérite pas. Je ferme les yeux et j'oublie même qu'il existe quand Stéphane commence à me masser. Après m'avoir déshabillée délicatement, il m'allonge sur le lit parsemé de pétales de roses. On se croirait presque dans un téléfilm sur M6 tant ça sent le romantisme à plein nez. Quand on expérimente ce genre de poésie florale, cela prend une toute autre saveur. C'est la première fois que ma peau se colle à des pétales. C'est doux. Puis, tout aussi délicatement, il me bande les yeux avec un foulard. Du bout des doigts, il me caresse partout sur mon corps qui frémit à chaque passage. Du cou jusqu'aux orteils. Une goutte d'eau qui tombe sur mon sein me fait sursauter. J'ondule un peu car le froid m'a surprise. Mais aussitôt, sa langue me lèche et me réchauffe un peu. Une seconde après, il fait glisser quelque chose de glacé sur ma poitrine. Mes mamelons se durcissent instantanément. Mes frémissements s'amplifient et je commence à gémir d'euphorie. Il doit tenir un glaçon entre ses doigts car je le sens maintenant suivre le chemin de mes courbes. Puis, il se pose sur mon ventre et remonte à nouveau sur mes seins. Ses mains suivent à la perfection une danse lascive et mon corps répond en ondulant de plus belle. La valse délicieuse se poursuit, il fait des ronds sur mon ventre, tourne autour du nombril. Le glaçon s'arrête dessus et quelques gouttes glacées semblent me pénétrer. La seconde d'après, la promenade reprend. Je lance des petits cris tant c'est surprenant. C'est même divin de ressentir la glace sur mon corps bouillant. Sentir le chaud et le froid se mêler, surprendre les mains chaudes de Stéphane venir caresser l'endroit où la glace s'est posée une demi seconde auparavant me fait décoller. Le glaçon parcourt ainsi chaque parcelle de mon corps et ses mains suivent de suite après pour me réchauffer. Ses gestes sont lents et les mouvements circulaires plus amples. La glace glisse toujours sur mon corps brûlant d'excitation quand sa langue vient laper l'eau fraîche sur chaque recoin de ma peau. Je suis déjà flageolante. Lorsque le glaçon se pose sur mes tétons, j'explose. Je déborde de sensations. Mon bas ventre est en feu. Stéphane est à l'écoute de mon excitation. Il se montre attentionné, prévenant et expérimenté.

— Ne bouge pas, il me murmure au creux de l'oreille tout en y injectant son souffle chaud. Concentre-toi sur tes sensations.

Lorsque mes spasmes se font de plus en plus puissants, il me retire le bandeau et je surprends son regard pétillant de malice. Il se penche en appui sur ses bras et dépose des petits baisers sur mes yeux, les coins de mes lèvres, mon cou, mes seins. Il glisse ensuite un glaçon à moitié fondu dans sa bouche et il m'embrasse en le faisant rouler entre nos deux langues qui se mélangent. Il caresse mon palais, mes gencives. C'est sublime et je sens que je m'envole. Il se reprend à me lécher le corps brûlant avec sa langue gelée. C'est explosif. Soudain il s'enfonce en moi. Sa queue est tiède et elle vient réchauffer les parois de mon vagin, là où quelques secondes plus tôt il avait posé délicatement un morceau de glace. La chaleur gagne en intensité et irradie mon bassin. Le volcan est en marche. Je croise mes jambes autour de son cou pour qu'il puisse aller plus loin.

— C'est un régal de t'entendre gémir à chaque fois que je m'enfonce en toi, me dit-il en fixant mon regard.

Je lui souris, béate. Sa pénétration devient plus forte et plus rapide. Je le sens avide lorsqu'il gobe ma bouche entièrement. Je suis entièrement possédée. Ses doigts agiles et ses coups de reins s'accélèrent et gagnent en puissance. Cette étreinte est une pure merveille. Si belle et majestueuse que j'en ai le souffle coupé. Je suis en transe. Je me laisse faire, conquise. Il fait trembler tout mon épiderme.

— Il faut que je te dise quelque chose Romy : je t'aime.

— Oh mais c'est trop mignon ça !

Une vague déferle en moi et m'emporte. Je jouis si fort que je le griffe. Il pousse un râle de plaisir.

***

12

Deux mois après, je n'ai rien vu venir. Je dois avoir des œillères qui obstruent ma vue car franchement, je ne comprends pas ce qui arrive. Tout devrait être au beau fixe, *normalement*. Rayan n'est plus dans les parages. Il ne m'a plus persécutée. Je me sens parfaitement sereine. J'ai même pris un chien. Il est tout bébé encore. Lorsque je rentre chez moi, il m'accueille sans retenir sa joie. C'est bouleversant de tendresse. Jamais je n'aurais pensé que je pourrais m'attacher à lui aussi vite et aussi pleinement. Pour lui, je représente toute sa famille et tout ce qu'il a dans ce monde. Je lui offre mon amour inconditionnel. Lorsque je lui parle il frétille, heureux. Son attitude me réconforte chaque jour davantage. Il ne demande qu'à aimer et à être aimé. Si seulement les hommes étaient de la même trempe ! Avec Stéphane, les choses commencent à se compliquer un peu. Bien sûr, il y a son enfant... Une certaine jalousie s'empare de moi. J'essaie de la combattre car après tout, c'est naturel et sain qu'un père soit présent pour son enfant. Aujourd'hui, je réalise brutalement que ses attentions pour son fils ont pris le relais de toutes ses attentions pour moi. Au début je voyais Stéphane comme un ange tombé du ciel, une récompense pour ma vie passée à me lamenter sur mon sort, un pur régal de sensualité et de douceur. Il était ma réponse à toutes les questions que je me posais sur une relation saine. Toujours aux petits soins, toujours prêt à me dorloter. Mais au fil du temps il change. Il est moins disponible. Deux mois après notre Saint Valentin magique, je ne le reconnais plus. Les mois passent, tout se passe relativement bien malgré le fait que nous sommes de moins en moins proches. On fait de moins en moins l'amour. Une certaine distance s'est installée entre nous sans que je n'en comprenne la cause. Une petite lassitude sans doute, de part et d'autre. Pour tenter de résoudre ce mystère et renouer avec l'idylle de nos débuts, je propose à Stéphane de partir avec moi en Suisse durant nos deux semaines de vacances d'été. J'ai envie de renouer avec nos moments passés à deux à nous cajoler. Sans penser qu'il allait gigoter de ravissement en chantant que c'était une très bonne idée, je m'attendais à un petit peu d'envie de sa part. Mais il n'a aucune inclination pour cette idée qu'il rejette catégoriquement. Il me dit qu'il ne peut pas abandonner son fils pendant deux semaines.

— Abandonner ? Tu y vas un peu fort.

— Tu n'as pas d'enfant, alors tu ne peux pas comprendre.

— D'accord mais bon... on pourrait partir, rien que tous les deux. Juste quinze jours. Une façon de nous retrouver un peu seuls. C'est mon anniversaire quoi. Ça ne te tente pas ?

— Je ne peux pas. Tu prends le chien avec toi naturellement.

— Je préfèrerai qu'il reste à la maison.

— Non, prends-le avec toi. Samedi je retourne dans mon appartement, j'ai mon fils ce week-end.

Sa voix maussade commence à m'irriter le système nerveux. Mais mon intention est de calmer le jeu. C'est donc avec une voix douce que je lui demande :

— Et si tu amenais ton fils à la maison ce soir ? On pourrait passer le week-end ensemble. Pourquoi tu ne l'emmènes jamais ici ?

— Cet appartement n'est pas adapté pour un enfant de son âge.

— Mais comment ça ? Je n'ai pas de plantes venimeuses ni de ronces et encore moins d'objets tranchants scotchés aux quatre coins des murs.

— Ce n'est pas drôle. Il a trois ans, il lui faut un environnement adapté.

— Et bien adaptons le ! On va acheter des trucs sécurisés si ça peut te rassurer.

— De toute façon avec le chien, ça ne le fera pas non plus. Viens plutôt chez moi.

— Mais je ne peux pas laisser Puppo tout seul. Il est bébé encore et je dois le nourrir et le sortir. Il ne peut pas rester un week-end tout seul enfin ! Il a besoin de nous.

— Mon fils a besoin de moi.

Je trouve cette discussion ahurissante de mauvaise foi mais je ne m'emporte pas. Il n'est pas dans mon intention de le braquer alors que j'aimerais plutôt le voir satisfait de notre vie à deux. Que se passe t-il donc ? Quel est encore ce phénomène étrange qui vient bouleverser notre vie après presque un an de vie commune ? Je le laisse donc repartir chez lui avec une petite pointe de tristesse. Très légère mais bien ancrée cependant en moi. Pour me décontracter, Sylvie et Myriam m'ont proposé une sortie ce soir. Comme je n'ai pas envie de broyer du noir un samedi soir, et comme je ne veux surtout pas me la jouer collante vis à vis de Stéphane, tout comme je n'ai aucunement l'intention de m'oublier en restant seule à attendre son retour, j'accepte. Heureusement d'ailleurs car je passe une excellente soirée. Je rencontre de nouvelles personnes, délirantes et sympathiques. Je pense sincèrement qu'il est bon de souffler un peu quand on est en couple. Il n'est pas nécessaire de rester scotchée à son homme nuit et jour. Au début d'une relation, je crois qu'il est normal d'avoir envie d'être ensemble tout le temps, de tout donner à l'autre. Mais pour réussir une relation durable, il est nécessaire de respirer sans l'autre de temps en temps. Il est important de faire aussi des choses pour soi. Je suis sûre que c'est cela qui épanouit le couple. Avant de le rencontrer, j'existais sans lui, je vivais sans lui, je sortais sans lui. Je me récite un petit mantra fort sympathique qui me conforte dans l'idée que mes erreurs passées ne doivent pas venir bousiller ma nouvelle relation. C'est beau tout de même un père qui aime son fils ! Cependant, l'autre côté de mon cerveau reptilien et engendré par les forces négatives me murmurent qu'au début Stéphane n'avait aucun ennui à laisser son fils une semaine entière pour se consacrer à nous deux en exclusivité. Cela n'a jamais fait de lui un mauvais père. Pourquoi alors aujourd'hui, le quitter quelques temps lui parait insurmontable? Je n'ai pas le temps d'approfondir ce problème épineux car Franck vient près de moi et me lance dans un ricanement gracieux :

— J'ai envie de me jeter à l'eau et tu connais le comble de mes envies ?

Je secoue la tête en souriant. Je viens de faire sa connaissance. Il est grand, tatoué, chauve avec des piercings : une allure déjantée. C'est un ami d'un ami qui vient d'entrer dans ma nouvelle bande.

— Pierre vient de me dire que demain c'est ton anniversaire.

Dans huit secondes précisément, demain deviendra aujourd'hui, et je me dois de rendre ce jour là inoubliable.

Il me jette à l'eau comme si j'étais une feuille légère puis saute à son tour dans un plouf sonore. Je me débats en riant, mes vêtements collés au corps.

— Tu aurais pu attendre que je sois en maillot ! je lui crie en riant.

Il s'approche de moi en m'éclaboussant de plus belle puis cherche à me couler, tout en s'esclaffant.

— Il est minuit et vingt secondes : joyeux anniversaire !

On a passé le reste de la soirée à rire et à se chamailler. Il m'a tapé un peu dans l'œil mais rien de plus. Le leitmotiv revient en force : je suis en couple, je suis fidèle, je suis dans le lit de Stéphane. Je ne cherche pas à séduire Franck. Je le trouve juste rafraîchissant. Rien que le fait de sauter dans la piscine vêtus de nos plus belles tenues d'été a retapé mon humeur maussade. Je me sens heureuse. Je ris même. C'est si inhabituel que j'en reste quelques instants estomaquée. Ce sont des choses absurdes et rigolotes qu'avec Stéphane je ne ferai jamais car ce n'est pas son truc, le délire. Un jour Stéphane m'a dit :

— Moi aussi j'ai fait des trucs de dingue. J'ai lancé des balles d'eau sur les voitures.

Son rire m'a un peu interloquée. Moi, avec tout ce que j'ai vécu, je ne trouve pas que cet épisode là soit un truc de ouf mais bon.... Réapprendre à rire pour faire descendre la pression, c'est avec Franck, ce soir là, que je l'ai pratiqué.

***

À mon retour de vacances, deux semaines après, Stéphane n'a même pas pris la peine de m'accueillir. Je ne m'attendais pas à ce qu'il vole le cœur en émoi devant mon apparition, un bouquet de roses à la main et le sourire éclatant pour se jeter ensuite goulûment sur moi devant tous les passagers en me criant à quel point je lui ai manqué. On ne voit ça que dans les films. Comme ma vie est loin d'être à l'origine d'un conte de fées, je m'attendais plutôt à des retrouvailles pleines de chaleur. Ça au moins, me semblait-il, n'était pas trop demandé. Stéphane, loin d'attendre impatiemment mon retour, est installé devant sa Playstation. C'est peut être sa façon à lui de me prouver que sans moi il est perdu dans une réalité virtuelle dans laquelle il passe son temps à se prendre pour un joueur de foot. Car depuis quelques temps c'est ça aussi : Play, Foot, Play, Foot. Son fils. Play, Foot... je me demande où je me positionne dans le top de ses priorités. Comme je vais très bien dans ma vie actuellement, que Rayan a disparu de mon horizon et que cela me soulage de vivre pleinement ma vie sans tomber dans la déprime, je supporte difficilement de voir mon homme affalé sur le divan en train d'agiter ses poignets pour que la trajectoire du ballon atteigne le filet. Mon arrivée l'a surpris et il est peut-être à deux doigts de me dire qu'il a raté son but à cause de moi.

— Pourquoi tu n'es pas venu me chercher à l'aéroport ? J'ai du attendre deux bus et ensuite à bout de patience j'ai pris un taxi.

— Tout est bien qui finit bien alors.

— Franchement, qu'est ce que tu as ? Me revoir, c'est tout l'effet que ça te fait ?

— C'est à moi que tu dis ça ? Tu m'as bien laissé toi.

— Je t'ai proposé de m'accompagner.

— Je t'ai dit que j'avais mon fils.

— Ah oui ? Et il est où là ? Ah c'est vrai, on a beau vivre ensemble, tu n'as pas encore daigné me le présenter.

— Qu'est ce que tu racontes, tu le connais. On est même allés à la plage la dernière fois tous ensemble.

— Parlons-en de cette journée. Et de toutes les autres. Tu prends des photos de toi et de ton fils, de ton frère et de ton fils. De la plage et de ton fils. Mais de moi et de lui, rien du tout. Tu ne m'as pas prise une seule fois en photo avec lui. En fait tu te crées des souvenirs. Mais moi je suis là ! Je suis censée être dans tes souvenirs. Et en fait, je n'y suis pas.

— Il faudrait pour cela que tu comptes rester avec moi. Je ne vais pas prendre de photos de toi et de mon fils si c'est pour les détruire après.

— Mais qu'est ce que tu dis ?

— Je dis que je t'ai dit que je t'aimais. Et toi tu m'as répondu quoi ?

Il me regarde avec un petit air féroce que je ne lui connaissais pas. J'avoue que cet épisode est encore frais dans ma mémoire. C'était encore le temps des délices au lit avec mon copain.

— Je vais te le dire, reprend-il bougon. Tu m'as dit : *Oh c'est mignon !* Tu trouves pas ça un peu dégueulasse alors que nous vivons ensemble ?

— Tu me reproches un truc que j'ai dit il y a un an. Non mais sérieux, c'est maintenant que tu y penses ? Tu le sais que je suis bien avec toi et...

— Ça ne me suffit pas. Moi j'ai des sentiments et j'aimerais bien que tu m'aimes du même amour que celui que tu as ressenti pour ton ex. J'aimerais faire partie intégrante de tes pensées.

— Je ne peux pas. Je ne peux plus aimer de cette manière. J'ai aimé quelqu'un comme ça et c'est une relation toxique. Je ne veux plus aimer quelqu'un comme s'il était toute ma vie, en m'oubliant, en vivant pour l'autre. Je ne veux plus.

— Mais moi je veux que tu vives pour moi.

— Oui mais en fait non. Parce que si je commence à vivre pour toi, moi en fait je ne vis plus et je ne veux pas être malheureuse. Je suis bien dans notre relation.

— Ça ne me suffit pas.

Comment a t-il pu autant changer? Et depuis quand exactement sa transformation est-elle devenue opérationnelle ? Lors de nos premiers échanges, tout était donc truqué. Il n'a fait que me jouer la comédie en se montrant sous son meilleur angle. Mais c'est cela finalement le jeu de la séduction. Et il a été un bon acteur sinon je ne serai pas tombée dans le piège. J'ai l'impression que les hommes tiennent les femmes pour acquises une fois que nous vivons avec eux. Je ne vois que cette explication pour tenter de résoudre l'énigme du virement soudain d'attitude de Stéphane. Son caractère et son comportement ont évolué après nos six mois de bonheur. Un changement aussi radical est non seulement inquiétant mais aussi bouleversant de méchanceté gratuite. Je le regarde, les sourcils froncés tout en songeant que j'aimerais le reconnaître tel que je l'ai connu au début de notre histoire. Mais ce n'est plus aussi évident maintenant de revenir en arrièrc. Il a carrément changé, se transformant en un homme aigri, blasé, indigne de l'aura de gentillesse qu'il avait réussi à se forger pour m'appâter. Est ce un nouveau tempérament qui est apparu chez lui soudainement ? Ou m'a t-il bien leurrée ? De doux et attentionné, il est devenu dur et égoïste. Je revois nos bons moments passés comme si je me repassais un film à l'eau de rose. Mais la romance est terminée. Je ne peux pas vivre auprès d'un homme contrarié et lunatique. Aujourd'hui, tout en lui me déplait. Je ne peux pas vivre avec le stress d'avoir à mes cotés un homme qui râle pour un rien. Il est donc inutile de rester raccrochée à ces petits moments d'euphorie qu'il m'a fait vivre. Il ne pourra jamais redevenir l'homme que j'ai connu et aimé. Il n'est plus protecteur, ni tendre, ni rieur ni même détendu quand il est près de moi. Je ne veux pas relancer cet éternel espoir que je ressens toujours avec un homme qui me délaisse. L'espoir de retrouver notre délicieuse entente. Il est devenu désagréable. Il me parle comme s'il était un gamin capricieux qui veut absolument que je lui donne ce que j'ai déjà offert à un autre. Cet autre qui m'a torturée. Il ne peut être jaloux de Rayan. Car il n'est plus du tout dans ma vie. Alors, pourquoi Stéphane remet-il son existence bien en évidence en me rappelant l'amour que j'ai eu pour lui ? Pourquoi faut-il que Rayan me gâche encore la vie alors qu'il n'est plus dans les parages depuis belle lurette si ce n'est dans les pensées de Stéphane ? Il est inutile de discuter avec lui. Il tire la tronche à chaque fois que je tente d'expliquer que les choses ne vont pas. On dirait vraiment un bébé qui fait un caprice ou qui boude. Quand je lui ai demandé de partir avec moi en vacances, c'était à moi encore de faire l'effort de trouver une parade pour que tout aille mieux entre nous. Lui même n'a jamais fait l'effort en un an de vie commune d'emmener son enfant chez nous. Lui demander cela c'était lui prouver que j'étais prête à accepter son enfant dans notre relation. Pour lui, c'est comme si je lui demandais d'emmener son fils dans l'antre secrète de gourous en soutane pour le désintégrer. Mais non Stéphane, je voulais juste apprendre à l'aimer. Difficile d'aimer une ombre. Nos conversations me fatiguent aussi car elles ont radicalement changé. Ce n'est plus des « Bonjour ma beauté » ou « Viens chérie, on sort » mais plutôt des banalités du genre : « Tu as pris le pain ? » C'est terminé, je dois réagir et me sortir de ce guêpier.

— Alors pars, déménage. Laisse tomber. Ça ne va nulle part toi et moi. Ça ne sert à rien qu'on reste ensemble.

13

Je ne pensais pas que j'allais aller aussi bien. Mais c'est un fait. Je me retrouve seule chez moi, enfin ! Je viens de réaliser que c'est cela que je recherchais : la solitude. Enfin... presque. Car j'ai mon petit chien Puppo présent à mes côtés. Un petit être qui m'apporte du réconfort. J'ai la sensation qu'il compatit devant ma tristesse et qu'il essaie de me consoler. Sa capacité d'empathie est étonnante et me fait l'aimer encore plus. Je lui parle et il pose sa patte sous son museau, étendu sur son coussin : dans l'attente de mon prochain discours. Je me mets à déblatérer sur ma relation décevante avec Stéphane. Puppo me regarde fixement avec son regard tendre. Je suis prête alors à me lancer dans un monologue pour tenter de comprendre où le foirage total de ma nouvelle relation a commencé. Y a-t-il eu des signes avant coureurs avant le naufrage ? J'ai croisé Stéphane alors que mon cœur venait d'être fraichement brisé. J'attendais de ma rencontre avec lui qu'il me le répare. J'ai épongé mes sanglots grâce à lui. Il a pansé mes blessures. J'étais bien. Je me sentais guérie. Il a agi sur moi comme un pansement affectif. J'ai oublié Rayan grâce à lui, j'ai reboosté ma confiance en moi. Je suis tombée volontairement dans les bras de Stéphane car j'avais besoin de ma dose médicamenteuse pour ne plus être en mal de Rayan, c'est aussi simple que ça. Un antibiotique puissant qui a galvanisé mes antis corps affectifs. Il a été ma relation pansement, une relation temporaire qui a rétablit de l'équilibre dans ma vie. J'ai eu l'impression d'aller mieux en me jetant dans ses bras. En fait c'est vrai que je ne l'ai pas aimé. Pas suffisamment en tous les cas mais je ne peux me forcer. Durant ce moment de ma vie où j'étais au plus mal, Stéphane a été comme une bouée de sauvetage. Il a répondu à mon appel au secours, je lui dois mon équilibre émotionnel actuel. Il m'a donné l'impression que j'existais à nouveau, que je vibrais encore, que je plaisais. C'est pourquoi je me suis persuadée que tout allait bien. Mais mes sentiments pour lui n'étaient pas à la hauteur des siens. J'ai remplacé Rayan par Stéphane, j'ai comblé un vide affectif, un vide intérieur. Un moyen comme un autre d'atténuer ma douleur lancinante. J'aurais du attendre avant de me lancer dans une nouvelle relation, j'aurais du me reconstruire d'abord toute seule au lieu de me reconstruire avec lui et attendre avant de pouvoir ouvrir de nouveau mon cœur. Je suis triste de cet échec mais cela ne me plonge pas pour autant dans le désespoir. Je n'ai peut-être pas été tout à fait honnête avec Stéphane au début de notre histoire. Mais je lui ai été fidèle, je l'ai aimé à ma manière et sans doute que les choses auraient pu évoluer s'il avait mis un peu du sien. Il voulait me voir folle de lui ? Alors il aurait du faire en sorte que je le sois au lieu de me reprocher de ne pas l'aimer suffisamment. Il s'est mal comporté et ma colère contre lui prend un peu plus d'ampleur : il a baissé les bras une fois que nous nous sommes mis à vivre ensemble. Comme si une fois en couple, toutes les scènes de séduction étaient épuisées dans son répertoire personnel. Trois semaines après il revient en me disant :

— Écoute, je me rends compte que c'est avec toi que je suis bien. J'ai rencontré quelqu'un mais au final je me suis rendu compte que c'est avec toi que je veux être.

Là je rigole.

— Ah ouais? Juste parce que la meuf elle a pas voulu niquer avec toi? Ou alors t'as essayé quelque chose avec elle, t'as vu que ça marchait pas et là tu reviens vers moi ? Va te faire foutre.

Plus question de me laisser avoir. Je mets un terme à la platitude. Je ne vais pas, une nouvelle fois, me laisser embobiner par des discours là où je mérite des faits. Stéphane a été en fait un amour pansement, une relation médicament, mon sparadrap. Mais au bout d'un certain temps il faut le changer car il n'est plus très net. Vais-je devoir en remettre un autre ? Ou n'en ai-je plus besoin parce que je suis guérie ?

***

Je fréquente plus fréquemment mon autre bande d'amis, celle qui inclut Franck. Je le vois de plus en plus fréquemment et à chaque fois, je passe un moment agréable. Je me défais un peu de l'attrait pour l'autre groupe, celui qui inclut bien évidemment mon *arme à cœur*. *Il* avait raison de signer ses lettres de cette façon car c'est bien ce qu'il a été pour moi : une détonation qui a visé mon antre de vie. Qui l'a touchée, blessée, l'a fait exploser en mille particules de détresse. Il a du avoir à cet instant une petite lueur de sincérité pour se décrire ainsi. L'honnêteté n'ayant jamais fait partie des préoccupations principales de Rayan, j'avoue que cette fois là il a réussi à extorquer de son âme son principal problème pour me l'exposer. Mais je n'ai pas envie de m'appesantir sur ses prouesses lexicales et sa signature pourrie. C'est pourquoi j'ai décidé de ne plus sortir avec ma première bande d'amis. Je savais qu'ils faisaient tous des sorties en boîte le plus souvent. Ils me tenaient au courant au début. Mais comme j'étais avec Stéphane, je ne sortais plus avec eux. Une façon aussi de ne plus tenter le diable et ne pas croiser le chef de sa légion. Personne ne me parlait de lui. On me disait : *On va faire ci, on va faire ça...* sans jamais mentionner *son* prénom. C'est peut-être cette façon de faire qui a réussi pour un temps à le tenir éloigné de mes pensées. Même si je doute de l'oublier tout à fait, je ne peux pas me permettre une nouvelle rechute de mes émotions. Après tout, Stéphane est arrivé dans ma vie pour me soigner des séquelles Rayaniennes. Il ne faudrait pas que je me montre ingrate envers la vie qui est venue à mon secours, en plongeant délibérément dans le doute et la passion destructrice que la seule vision de Rayan pourrait engendrer. J'essaye donc de passer à autre chose. Franck me fait découvrir une nouvelle vie. J'ai même perçu ma ville autrement. Car il m'a fait voir des endroits dont je n'avais même pas idée. Il me fait vivre autre chose. Lui même est un homme différent de ceux que j'ai rencontrés. On est pourtant en décalage tous les deux mais c'est certainement les opposés qui s'attirent. Car lui c'est un petit *barbare* dans le sens Bad Boy, mais totalement différent de Rayan. Franck a un physique particulier : grand, massif, chauve, tatoué. J'adore tout ce qui est décalé et tous les deux on fait la paire : lui la grosse brute et moi la jeune fille coquette, toute mignonne et toute gentille. Je n'ai jamais eu de physique type concernant les hommes. Je cherche juste quelqu'un qui sorte de l'ordinaire, excentrique, fantaisiste. Et un Bad Boy ou un simple rebelle sort de l'ordinaire. Mais Franck est vraiment particulier. Je pense qu'il a assez de tempérament et de force pour réussir là où Stéphane a échoué. J'ai eu ma dose de souffrance et je n'espère plus maintenant qu'une vie stable avec un homme réconfortant. Malgré son physique atypique et son côté mystérieux, tout doucement je fonds pour lui. En fait c'est son humour et sa gentillesse qui évaporent tous mes doutes. Pour l'instant, nous sommes simplement amis et je n'essaye même pas d'accélérer les choses. Je sens bien que je lui plais. À moins d'être un moine ne vivant que pour la prière, quand un homme invite une femme plusieurs fois à sortir, c'est qu'il y a forcément une attirance de son côté. Je la reçois même cinq sur cinq et cependant, je ne fais aucun geste pour me hâter vers lui et dans son lit. J'en parle avec Myriam parce que de toute façon elle sait tout de moi. Pourtant depuis quelque temps, je la sens moins réceptive et mal à l'aise devant moi. Je ne m'explique pas son comportement alors je lui demande ce qu'il se passe. Je lui joue du violon affectif pour trouver l'accord avec sa corde sensible. Et espérer ses confidences. Je m'inquiète un peu. Je suis son amie. Nous sommes les meilleures amies du monde. Mais rien n'y fait, elle reste sourde à mes appels pour que j'essaie, à mon tour, de lui venir en aide. Je suis un peu déçue car je pensais qu'elle avait suffisamment confiance en moi pour se dévoiler totalement.

—Myriam, je sens bien que quelque chose te tracasse. Vas-y, parle-moi !

— C'est rien. Tout va bien.

Son portable lance un bip sonore et discrètement je jette un œil sur le message qu'elle vient de recevoir et qui lui a instantanément redonné le sourire. Intriguée, je la regarde tapoter sur le clavier pour répondre. Puis, une fois son message expédié, à l'abri de mon regard, elle fourre son téléphone dans le sac et me dit qu'elle doit partir.

— C'était qui ?

Elle me jette alors un regard apeuré, comme si j'étais une vilaine sorcière qui veut lui arracher un secret.

— Non mais sérieux Myriam tu me fais peur ! Pourquoi tu me regardes comme ça ?

— C'est trop difficile. Je ne sais pas comment te le dire.

Soit j'ai été dans une ancienne vie une pythie télépathe qui connaissait tous les secrets du monde et que, par le biais de mes vies successives, j'ai conservé quelques relents de voyance. Soit dans cette vie ci j'ai un super pouvoir de divination qui me demande sur le champ de tirer tout cela au clair. Je suis peinée de la voir réticente à me dévoiler ses secrets alors que moi même je me suis totalement laissée aller à lui donner sans réserve les clés de mon jardin intime. Ma petite voix intérieure se fait plus vivace. J'ai l'impression qu'une idée veut germer dans mon esprit et que ma petite voix n'est rien d'autre qu'un arrosoir qui veut la faire grandir. Cette voix abstraite risque de me rendre folle si je ne l'écoute pas. Que veut-elle ? D'où sort-elle ? Elle me pousse à envisager un scénario catastrophe alors que mes yeux se figent sur le sac que Myriam referme d'un coup sec. Son portable. Pourquoi ne veut-elle pas me dire à qui elle répond ? Je ne change pas de canal, je reste sur la fréquence intérieure qui me fait me lever, arracher le sac des mains de Myriam et farfouiller dedans à la recherche *de la satisfaction du devoir accompli*. Voilà qu'elles étaient les directives de ma petite voix. Je ne suis plus le seul maître à bord depuis que j'ai surpris le sourire de Myriam en recevant un message. Il faut dire aussi que son : *C'est difficile, je ne sais pas comment te le dire* m'a mise un peu sur la voie.

Rayan.

Un message de Rayan.

Des mots d'amour.

L'état de choc envoie des secousses jusque dans ma poitrine. Je peux même ressentir mon sang se figer. Les cellules de mes organes vitaux vont finir par s'autodétruire. Je vais mourir. Là. Subitement. Sous les yeux de Myriam qui se met à sangloter. Je n'arrive pas à faire face aux émotions qui m'assaillent de toutes parts. Je suis dans une tranchée, face contre terre, le visage dans la boue enseveli sous les détritus, je ne respire plus. Tout autour de moi les coups de canon retentissent. C'est mon cœur qui s'est remis à fonctionner et qui bat la chamade. Comme si son arrêt d'une seconde l'avait alarmé. Stupéfaite, immobile, incapable de parler ou d'agir, je reste prostrée devant les messages que mon doigt fait défiler sous mes yeux sans que je ne réussisse à maîtriser mon geste. Mon doigt a sa vie propre. Ou alors mon cerveau est complètement atteint par la démence, caractérisée par la chevauchée fantastique de mon majeur droit sur un clavier brûlant.

— Je ne savais pas comment te le dire, pleurniche la traîtresse.

— Toi... et Rayan ?

Des coups de fouet frappent dans ma tête. C'est dans un murmure étouffé par un gémissement soudain que je lui demande :

— Depuis quand ?

— Depuis cet été. Mais je ne voulais pas, je ne m'y attendais pas. C'est arrivé comme ça c'est tout.

— C'est arrivé come ça c'est tout, je répète lentement la voix affaiblie comme si j'essayais de comprendre le sens des mots.

Brusquement la rage arrive en rafale. Mon corps lance des soubresauts. Je jette le portable à terre et je commence à hurler alors que la réalité des faits vient de m'apparaître dans toute sa laideur.

— Comment tu as pu me faire ça ? je lui crie maintenant hors de moi.

Je viens de péter un câble. Rien ne peut m'apaiser dans la minute présente. J'ai envie de tout casser, de me jeter sur Myriam et lui griffer le visage tout en lui assénant des coups violents sur sa bouche. Car je ne veux pas entendre ce qu'elle va me dire même si j'ai envie qu'elle me le dise.

— Vous avez rompu tous les deux et puis tu étais avec Stéphane. Tu as refait ta vie. Il n'a pas le droit lui de refaire la sienne ?

— Comment ça a commencé ?

— Romy...

— Dis le moi !

— On est beaucoup sortis cet été avec la bande. Au départ on rigolait, tu connais Rayan, un boute-en-train. Je ne pensais pas à mal je te le jure. Quand il m'a demandé mon numéro, j'ai trouvé ça normal. J'ai été trop naïve. On devait se rendre en boîte et il devait me donner les coordonnées parce que tu sais bien... ils ont beau dire qu'on va à tel endroit, la minute d'après ils sont ailleurs. C'était une façon de garder le contact.

— Non... je murmure dans une férocité contenue.

— Ensuite il m'a envoyé des textos. Il me faisait rire. Et puis...

— Il te *faisait rire* ?

Elle, mon amie, qui m'a vue pleurer toutes les larmes de mon cœur quand je lui racontais en détail tout ce que Rayan me faisait subir. Je lui ai parlé de mon sentiment d'humiliation et de cet amour déraisonnable mais si prenant qui avait envahi mon énergie. Je lui ai raconté tous les tourments de mon âme vis à vis de cet homme que je considère toujours comme le grand amour de ma vie. Elle le sait. Nous l'avons maudit ensemble devant son comportement immature et son besoin irrépressible de sauter sur tout ce qui bouge. Combien de sanglots et de chagrin ai-je déversé sur elle qui comprenait ma douleur et qui me réconfortait ! J'ai avorté.

Elle rit avec lui ?

— Tu vois ce que je veux dire, reprend-elle penaude en croisant mon regard. Il a insisté mais de façon si charmante qu'au final... j'ai craqué. Mais je te jure que ce n'était pas prémédité.

— Malgré tout ce que je t'ai confié, toi tu n'en as rien eu à foutre et tu as sauté dans son lit ! Il te fait rire alors que je t'ai raconté en détail toutes les fois où il m'a fait pleurer ! Et toi *tu ris* avec lui ?

— C'est trop tard maintenant. Je l'aime.

La guillotine est tombée. Mon cou est en train de se détacher. Je vais me retrouver à terre sans espoir de rémission.

— Alors, j'arrive tout de même à articuler tandis que le déchirement est de plus en plus vivace, nous n'avons plus rien à nous dire.

— Ne me demande pas de choisir entre vous deux. Je vous aime tous les deux.

— Tu ne peux pas avoir le beurre, l'argent du beurre et le cul de la crémière ! À un moment donné il faut faire un choix. Et tu l'as fait.

— Vous étiez séparés.

— Et alors ? Je t'ai tout confié, je t'ai toujours dit à quel point Rayan était important pour moi. Oui j'étais avec quelqu'un d'autre mais tu savais à quel point je tenais à lui.

— Est-ce que tu espérais le récupérer ? Non n'est-ce pas ? Tu m'as toujours dit que c'était fini lui et toi.

— Et le code entre copines de ne jamais sortir avec l'ex de ta meilleure amie, t'en fais quoi ? Tu le vomis ? Tu ne fais pas des choses comme ça ! Après tout ce que je t'ai montré de ma tristesse et de ma désolation tu aurais du le détester, l'ignorer. L'insulter même pour me défendre moi ! Mais l'aimer ! ?

Je dois faire en sorte de ne pas laisser ma blessure s'envenimer. Sinon je risque la gangrène. Me retrouver dans la noirceur de mon esprit me fait peur tandis que Myriam sanglote toujours.

— Tu as pris un risque Myriam. Le risque de briser notre amitié. Tu sais que je l'ai aimé et que je l'aime toujours malgré moi. Tu t'es aventurée sur un chemin miné alors ne fais pas l'innocente.

— Je ne suis pas la cause de votre rupture. Vous étiez séparés depuis six mois !

La voir se défendre avec autant d'ardeur est pathétique.

— Va t-en. Je ne veux plus te voir. Je coupe tous les ponts qui me relient à toi.

— Ne sois pas aussi radicale.

— Je suis efficace. Il faut arracher le mal à sa racine alors casse toi de ma vie ! Disparais.

— Romy je suis désolée. Mais on ne décide pas qui on aime, comment on aime ni pourquoi.

***

Entre Rayan et moi tout est fini. Chacun est donc libre de suivre sa route et refaire sa vie avec qui il veut. J'arrive quasiment à pardonner à Rayan pour cet affront parce que je sais qui il est. *Vas-y, dis-le !* me crie ma voix à l'intérieur de moi.

— Un fils de pute ! Un enculé de première catégorie !

Mais je le connais. Je sais qu'il n'a pas voulu me faire de mal à moi personnellement. Il a du complètement zapper que cela pourrait poser un problème. Il a toujours agi ainsi : dans le moment présent, sans songer aux conséquences de ses actes.

Mais elle, mon amie, qui a jeté la loyauté aux orties, je trouve son attitude impardonnable. La minute d'après je risque de me taper la tête contre le mur car une autre voix surgit. Je me dis que j'ai refait ma vie, je ne suis plus avec lui donc est-ce que j'ai le droit de la priver d'un bonheur comme ça ? Je n'en sais rien, je ne sais plus. Dans ma tête, Dieu et le Diable se disputent la place. Dieu me dit bien évidemment : *Pardonne !* Et Satan : *Pardonne pas ! Fais pire !*

Mais là je me demande si le côté obscur est vraiment de bon conseil car comment faire pire ? Sortir avec tous les ex de Myriam ? L'offrir en sacrifice un soir de pleine lune ? Je ne vais tout de même pas devenir l'ennemie publique n°1 pourchassée par toutes les forces de l'ordre parce que j'aurais flanché en obéissant au Mal. Est-ce que pour autant je dois vivre ma vie avec une auréole en aimant même ceux qui me blessent ? Vais-je tendre l'autre joue? Dans ma tête c'est le chaos. Toutes mes pensées ne sont que des suites d'incohérence. Je pense tout et son contraire. Voilà comment je suis. Ces deux voix distinctes qui frôleraient la schizophrénie si je croyais fermement en la possession d'entités positives et négatives, font partie de ma personnalité. Je ne sais toujours pas prendre de décision.

Si je suis en colère contre Myriam, suis-je une mauvaise personne ?

Est-ce que je suis quelqu'un de bien ?

Ou de pas trop mauvais ?

Est-ce que je joue le rôle de l'amie gentille qui doit tout comprendre et tout accepter ?

Est-ce que je dois vraiment briser une amitié pour une histoire qui ne devrait plus me chagriner ?

Mes émotions gèrent ma vie. Elles m'entraînent dans un cycle infernal de tourbillon sur des montagnes russes enfiévrées. Normal que je sois toujours à côté de la plaque. Je ne peux pas avoir d'avis tranché sur la question parce que... qui je suis moi pour dire à Myriam quoi faire de sa vie ? Dans sa tête, elle aurait du se dire : « Non je ne dois pas faire ça ! J'ai un code d'honneur à respecter envers ma copine».

Qui je suis moi pour la guider dans ses choix ? Je ne peux pas penser à sa place et lui dire : « Ne fais pas ci, ne fais pas ça ! ». Je ne suis pas sa mère.

Entre la déception, le pardon et la colère, je ne sais toujours pas quelle attitude adopter. Il doit y avoir une méthode pour ne pas sombrer dans la démence et avancer la tête haute malgré cette grande humiliation. J'ai tant essayé de garder le cap dans ma vie après Rayan, j'ai fait de si gros efforts pour ne plus attendre de ses nouvelles et poursuivre ma route sans lui. Je pensais être sur la bonne voie. Et voilà que Myriam vient de jeter une brique sur mon cœur et elle m'achève à coup de lattes. Je prends le téléphone et j'appelle Rayan. J'ai encore besoin d'hurler ma peine avant que la gentillesse ne reprenne le dessus dans mes pensées.

— Mais qu'est-ce que tu racontes ? Je ne sors pas avec Myriam. Tu es complètement folle ma pauvre. Tu délires grave. Tu as pensé à aller te faire soigner ?

— Mais elle vient de me le dire !

Pourquoi est-ce que j'essaie constamment de lui faire admettre qu'il a mal agi ? J'aurais beau tout essayer, fixer des limites, je me sens encore plus mal dès que je l'entends me mentir effrontément ! Ce serait à lui d'aller se faire soigner pour parvenir à une introspection maximale et se comprendre lui-même. Il essaie de me déstabiliser en me faisant douter. J'ai le sentiment qu'avec lui je n'aurai jamais gain de cause, que je ne serai jamais à la hauteur. Je ne vois pas pourquoi j'ai ressenti le besoin de l'appeler pour lui crier dessus alors que ça faisait un

an déjà qu'il était loin de ma vue. Je n'ai pas l'âme de mère Térésa, je ne peux le sauver. Mais je peux m'évader de ses filets sans perdre une seconde de plus. Car je gâche mon temps et mon énergie à essayer de lui expliquer en long en large et en travers les conséquences de ces actions dégueulasses. Il est dans le déni, il ne m'écoute pas. Ou alors, il entend très bien et fait preuve d'une mauvaise foi sans limite. Ce qui est plus dans son style. Il n'admettra jamais la plus flagrante des évidences. Il préfère se cacher derrière un mensonge aussi gros que l'infini et l'éternité réunis plutôt que de me laisser gagner la bataille. Avec lui, j'ai constamment l'impression d'être sur un ring avec devant moi un poids lourd qui me terrasse de son poids. C'est perdu d'avance car moi je ne boxe pas dans la même catégorie. Je suis un poids plume qui n'a rien à faire dans la bataille. Croire que j'aurais pu lui clouer le bec ou avoir raison de lui était complètement idiot et suicidaire pour mon état mental. La discussion se poursuit durant deux minutes entières. Deux longues, interminables minutes pendant lesquelles il me met plus bas que terre pour protéger Myriam.
— En fait Rayan, tu as toujours été protecteur avec tout le monde. Sauf avec moi. Je suis la seule que tu as soi disant aimée et pourtant jamais tu n'as essayé de me protéger. Encore aujourd'hui, tu me déçois.
— Je suis désolé Romy. Sincèrement. Je vais tout arrêter avec Myriam. C'est toi que je veux et tu le sais très bien car c'est toi que j'ai toujours voulu. On doit réessayer toi et moi. Je vois que ça te fait trop de peine.
Je dois me reprendre en main. Serait-il possible pour moi d'aimer quelqu'un d'autre ? Une relation apaisée, sans conflit, juste, sereine et agréable ? C'est le seul moyen pour me sortir de cet enfer. Je ne lui réponds pas et je raccroche. J'imagine Myriam recevant un texto de rupture.

Et oui ma vieille, tu ne vaux pas plus qu'un SMS. Tu vas tomber dans le même manège que moi, bonds et rebondissements dans le TGV fou direction souffrance.

Ce qui est malheureux c'est que je sais ce qui l'attend. Elle est amoureuse de lui et elle va en baver. J'ai de la peine pour elle car moi, ça, je l'ai vécu. J'ai envie de l'appeler, d'aller vers elle, de la prendre dans mes bras et de lui dire d'oublier Rayan car c'est un connard. En même temps, merde! C'est quand même de Rayan que l'on parle ! Myriam se serait faite larguée par n'importe quel mec, j'aurais couru vers elle pour l'apaiser. J'aurais même absorbé son chagrin pour ne plus la voir pleurer. Entre le : « Pas grave Myriam, allez ça va aller ! » et mon autre sensation : « Tout ça c'est de ta faute, tu n'avais pas qu'à le faire! » je me retrouve dans quelle situation, émotionnellement parlant ?

Le divin ou le diabolique ?

Je te l'avais dit pourtant. Tu étais mon amie, tu aurais du avoir confiance en moi.

— Tu t'es mise toute seule dans cette situation. Bien fait pour ta gueule !

***

14

Il me faut quelqu'un de plaisant dans ma vie pour écraser toute cette noirceur. J'ai un fardeau supplémentaire maintenant : oublier Myriam. Mon présent me semble complètement bloqué par le poids de mon passé. Je ne pourrai jamais me projeter dans un futur plaisant si je reste engloutie par ce fardeau de deux coups de couteau en plein cœur. Rayan et maintenant Myriam... Je me demande ce que j'ai fait pour mériter un tel tourment. Je dois me lester de tout ce qui m'encombre pour pouvoir espérer un avenir meilleur. Oublier c'est pardonner. Mais je ne me sens pas prête à ménager la sensibilité de mon ex-meilleure amie ou à me montrer de nouveau indulgente envers Rayan. Je dois me sauver de ces deux parasites avant que toute ma raison ne se gangrène par des tas de pensées négatives. J'attends un futur fait de promesse et de nouveauté. C'est ce chemin là que je dois emprunter : une quête passionnante de ma nouvelle identité. Plus de Romy en larmes. Plus aucune sensiblerie ou niaiserie. Je veux rire, je veux vivre pleinement, je ne veux plus me lamenter sur mon sort. Je dois poursuivre ma propre reconstruction au lieu de m'enfermer de nouveau dans des chamailleries d'adolescente. J'ai été faible, je ne le serai plus. J'ai été suffisamment piétinée pour avoir envie de me relever et de tous les envoyer paître loin de ma vue. Je dois également me montrer lucide concernant qui je suis et quelle femme je veux être. Pour l'instant je ressens le bruit des barreaux d'une prison qui tente de se refermer sur moi. Alors je dois me battre et trouver suffisamment d'énergie pour les arrêter et me faufiler à l'extérieur. Et redevenir libre de choisir ma vie. Comment arriver au bonheur ? Comment le frôler, le toucher ? Il faut tourner la page.

Comment trouver le bonheur sans ces deux personnes qui étaient tout pour moi, ces deux relations, l'une passionnelle l'autre amicale qui représentaient ma vie ? La solution est là : mon esprit doit être occupé à autre chose. Je ne dois m'accorder aucun moment de flottement pour ne pas sombrer dans la mélancolie.

Franck.

Il est ma solution. Avec lui je peux grandir et accepter de mettre un terme avec la souffrance et la beauté du sacrifice. Je retire mes billes du jeu Rayan-Myriam. Avec une certitude : plus jamais ça ! Donner sans compter et recevoir si peu en retour, ce n'est plus pour moi. Avec Franck je n'ai, jusqu'à présent, jamais le temps de penser à autre chose si ce n'est au moment présent. Tel un tourbillon il m'a déjà emmenée dans tous les coins de Nice. Il n'est pas du genre à rester cloitré à la maison. Il bouge, dans tous les sens, dans plein d'endroits différents et il m'emporte avec lui. Je sais que l'on va faire plein de trucs ensemble. Et puis il aime Puppo. Mon chien fait partie de ma famille. Voir que Franck s'intéresse à lui en l'incorporant dans pas mal de nos balades me conforte dans l'idée que c'est ce genre d'homme dont j'ai besoin. À force de visualiser tous les moments passés amicalement avec Franck, je commence peu à peu à focaliser sur un possible futur ensemble. C'est ce qu'il espère. Et c'est sans doute lui qu'il me faut. Il réussira à apaiser mon cerveau bouillonnant. Avec lui ce sera vivre le moment présent sans plus jamais prendre des jumelles pour retourner même un instant dans mon passé trouble. Je me suis donc mise avec Franck. Je rigole avec lui. Je vois d'autres gens. C'est une vie plus rock and roll. J'oublie même mes complexes avec lui. Je me suis forgée une personnalité plus forte et plus décidée et cela ne lui fait pas peur. Peut-être même que cela l'excite. Avec lui je tue la routine sous la couette depuis tant de mois ! Je suis ouverte à de nouvelles expériences. C'est aussi un bon coup. Je passe des soirées hots mémorables. Un petit nirvana niveau sexe. Il faut dire qu'avec mon abstinence de ces derniers mois, je redécouvre le plaisir d'être redevenue une fille sexy qui porte des jupes, des talons et de la lingerie coquine. Franck ne cherche pas la performance à tout prix. Il doit posséder un diplôme de préliminaires avec option amant terrible. Avec mes autres copains parfois j'avais l'impression qu'ils s'acharnaient à mettre en pratique les règles du Kâma-Sûtra. Avec Franck c'est moins flagrant car il ne me donne pas l'impression de me réduire à un bout de chair. Il aime simplement mon corps tout comme j'aime le sien et notre entente sexuelle est au beau fixe. Il me rend déraisonnable et fantaisiste. Finalement, il vient vivre avec moi. J'ai fait du vide dans mon appartement pour qu'il se sente chez lui aussi. Il est au courant de ma dispute avec Myriam et du fait que j'ai coupé tous nos liens.

— J'ai tant de colère en moi, je lui dis car je ne veux rien lui cacher. Je vais peut-être aller voir un psy.

— Mais pourquoi ? Tu n'es pas folle.

Il me regarde gentiment puis me répond avec la même expression :

— Je comprends ton énervement. Moi demain si j'apprends que mon meilleur pote sort avec mon ex, je le tue.

Il ne faut pas me dire ça Franck. Tu veux faire de moi une meurtrière en puissance ? Mais il me comprend et ça c'est une première pour moi. C'est son humour et sa gentillesse qui m'ont complètement liquéfiée. Sa tendresse envers moi est émouvante. Je redécouvre à quel point il est bon d'avoir confiance. Plus besoin de me faire un sang d'encre car il est aux petits soins pour moi et notre couple. Avec lui, le quotidien est doux. Ce n'est pas le même genre d'homme que celui dont je dois oublier le prénom, le visage et le corps si je veux rester saine d'esprit. C'est pourquoi je pense qu'il me convient. C'est à cet instant précis que j'aurais du me méfier. C'est toujours quand je suis persuadée que tout va bien... que tout va mal en fait. Nos premiers six mois ensemble sont féeriques. Les six autres qui suivent... beaucoup plus troubles. J'apprends peu après qu'il a un lourd secret dans sa vie dont il ne veut pas parler. Peut-être a t-il fait de la prison lui aussi. Il faut dire que je les collectionne, les hommes à problème. Et puis, il a un enfant également. Au fil des mois, son ex est beaucoup dans les parages et cela commence à fragiliser mon mur que je croyais en béton. Finalement les fissures se font sentir et risque d'effondrer tout l'échafaudage. Etais-je vraiment prête à me transformer ? Ou me suis-je tout simplement persuadée que j'avais réussi à devenir plus forte ? J'ai de moins en moins confiance en moi. Chassez le naturel il revient au galop. Alors ça oui ! Je l'expérimente en ce moment. Avant de se lever le matin, il se frottait contre moi et entamait un petit bonjour délicat. Maintenant il se lève et va voir ses collègues. J'ai appris à les connaître ceux là, je me suis pris la tête avec eux et c'est la raison d'ailleurs pour laquelle Franck commence peu à peu à se détacher de moi. Ce sont tous des alcooliques notoires. Ils ne peuvent s'empêcher de festoyer, une bouteille à la main. Ils festoient d'ailleurs beaucoup et Franck les accompagne toujours. Le voir descendre aussi bas m'énerve. Je n'arrive pas à concevoir le fait que Franck ne comprenne pas que ses amis sont nuisibles pour lui. Je sais ce que c'est une relation toxique. Je suis passée par là. J'aimerais que Franck aie confiance en moi pour comprendre que ce que je m'évertue à lui dire, c'est pour son bien. Moi je veux le pousser vers le haut. J'ai passé ces six derniers mois à l'aider dans ses cours par correspondance pour qu'il puisse décrocher un boulot. Et maintenant, je le vois rentrer dans des états indescriptibles. Ivre mort est un doux euphémisme. Combien de fois on a failli se battre. Notre relation, après six mois de bonheur, s'est reconvertie en six mois de déception. La malchance me poursuit, insatiable. De toute façon, je n'ai pas peur des garçons. Je me place front contre front et je lui dis :

— Vas-y, tape-moi ! Vas-y, fais-le !

Je le mets évidemment plus à bout. On part alors dans des disputes dignes d'un grand mélo. Alors il sort en claquant la porte. Va t-il réfléchir au fait qu'il est en train de bousiller et sa vie et notre couple ? Non il sort avec ses potes en boîte. Et l'alcool coule à flot.

— Tu sors tout le temps en boîte sans moi. Tu me trompes ?

Parfois il me répond :

— Tu crois que je te le dirai si je te trompais ?

D'autres fois, c'est une toute autre version :

— Je te le dirai si c'était le cas et je te quitterai. Faut être honnête dans la vie.

Il a toujours plein de versions pour chaque question que je lui pose. Difficile d'avoir un avis tranché quand il m'embrouille avec ses commentaires. Plus rien ne va entre nous. La malchance me poursuit. Je tombe toujours sur le même type d'hommes.

— Je t'ai aidé à reprendre tes études pour un travail, je t'ai souvent ramassé, je t'ai pris sur mon dos mais pour toi ce n'est jamais assez.

— Si tu fais ça c'est dans ton propre intérêt.

— Mais n'importe quoi ! C'est pour toi enfin que je supporte tout ça, c'est pour nous ! Tu ne me consacres plus aucun weekend, tu es toujours fourré avec tes copains.

— Mais tu les aimes pas mes copains !

— Parce qu'ils te tirent vers le bas ! Tu ne vois pas qu'ils t'entraînent sur la mauvaise pente ?

— Qu'est ce que tu en sais ? Tu crois que me faire tout le temps des reproches est un bon signe dans un couple ? Eux au moins m'aiment pour ce que je suis et ne veulent pas me changer.

— Écoute, je n'ai pas envie de me disputer. Alors on essaie un truc : un weekend tu le passes avec tes copains et l'autre tu le passes avec moi. Donne-moi un peu de ton temps.

— Et tu veux régenter ma vie en plus ? Un vrai organigramme. Plus rien de spontané.

— C'est ton travail et tes copains mais jamais moi en fait.

— Je ne suis pas bien là où je vis.

— Chez moi ? Ben... on déménage ?

— Non.

— Et si on allait à Ikéa pour changer le mobilier. On peut tout repeindre. Choisis toi la déco pour que tu te sentes chez toi.

— Toi et moi on aurait tout pour être heureux.

— Mais je te donne toutes les cartes et toi tu les jettes.

— T'inquiète, c'est ton anniversaire le weekend prochain, je serai là.

Monsieur me fait un grand honneur ! ai-je failli rétorquer. Mais il aurait pris cela comme un reproche et j'en ai assez de devoir lui inculquer les bases d'une bonne relation de couple. Comment a t-il pu changer à ce point ? Ai-je bien fait de dire ce que je pensais de ses copains ? Je vois bien que c'est mon ressenti vis à vis d'eux qui a emmené Franck sur l'autre rive. Entre ses potes ou moi, il a fait le choix. Je ne crois pas que je vais pouvoir supporter ça très longtemps. Comme il me laisse toujours seule, je sors de mon côté. Finalement, j'ai déjà vécu cette scène. De nombreuses fois avec mes anciens copains. Et par expérience je sais donc comment tout cela va se terminer. Je me demande si je n'ai pas le mauvais œil car je revis une fois de plus la même histoire. Tout est beau au début et ensuite tout se déchaîne pour m'entraîner dans une relation qui ne correspond plus à mes attentes. Quel est le problème ? Quel est *mon* problème si je n'arrive jamais à être satisfaite ? Je regarde Franck et il m'agace. Je fais pourtant des efforts surhumains pour conserver un visage impassible. Je ne vais tout de même pas mendier un peu d'attention.

15

La plus belle journée de ma vie c'est celle de mes 30 ans ! Ma mère et mon beau père m'ont réservé une plage privée. Tous mes amis sont là. J'ai reçu un message de Rayan qui me souhaite un Joyeux Anniversaire. Un message simple sans allusion sur un éventuel « Je te veux toi », donc tout est parfait. Maria toujours dans l'excès fait péter les magnums de champagne. Franck est là complètement transformé. Il est heureux, sympathique, amoureux. Comme avant. Sa métamorphose est surprenante. J'avais tort de m'inquiéter. C'est tout moi ça : imaginer qu'il ne m'aime plus alors qu'en fait il est aux petits soins pour moi. On est peut-être repartis pour six mois de bonheur. Je n'ose m'aventurer à plus de mois de liesse vu comme ça se passe généralement pour moi. Ou alors la malédiction a pris fin et je vais pouvoir enfin apprécier une vie de couple tout aussi parfaite que cette merveilleuse journée. On fait du jet ski, de la bouée. Tout est oublié. Même le fait qu'il ne veuille plus d'enfants mais bon... Cela reste un problème à résoudre. Je ne veux pas d'enfants dans l'immédiat mais tout de même, rester avec un homme qui n'en veut pas parce qu'il en a déjà un ne peut pas vraiment me convenir. Moi je n'en ai pas et j'aimerais en avoir. Un jour. Avec lui. S'il arrête de se fermer à cette éventualité. Mais même ce problème là n'existe plus. Tout est oublié car son comportement à mon égard est redevenu le même que lorsque nous nous sommes rencontrés. Aujourd'hui c'est lui et moi et je suis sur un nuage. Arrive le soir, tout le monde se prépare. Ils ont décoré la villa de ma grand-mère pour me faire une surprise. Mes 30 ans sont magnifiques ! On se met à table, on mange une paëlla, on rit. Tout le monde m'a fait des cadeaux rigolos. Le dernier que j'ouvre est celui de Franck. Je ne peux même pas décrire mes yeux langoureux, ma moue niaise d'une femme gâtée, mon contentement et toute ma joie alors que j'ouvre son cadeau : une bague. Un solitaire. Je le regarde alors dans un bonheur muet :

— Mais c'est quoi ?

— Ben c'est pour toi.

Les bisous suivent. Son corps chaud contre le mien, des câlins. Je viens d'avoir 30 ans. Je me sens en pleine forme ce soir. Ma vie a pris son envol. Même si je commence à vieillir en éjectant mes 20 ans sur la route loin, très loin derrière moi, passer ce cap trentenaire ne change rien à mon apparence : je suis toujours aussi jeune. Et même encore plus belle. Côté mental, j'ai pris un boost de confiance en moi. Je me sens capable d'accomplir des tas de trucs positifs avec Franck. C'est le début d'une nouvelle vie. Je suis entourée de gens que j'aime et je profite à fond de tout ce bonheur. Je suis une adulte qui construit son futur, plus une jeunette qui pleure sur son passé. Pour être totalement franche, je ne sais pas encore ce que je désire vraiment faire mais au moins je vis dans le concret et dans l'action. Je sais que je mérite le meilleur avec Franck. Le lendemain, le réveil est un peu rude. Franck redevient le loup solitaire qui n'a pas vraiment besoin de moi dans sa vie. C'est compliqué de s'y retrouver, j'en ai bien conscience. Quand il voit la bague qu'il m'a offerte à mon doigt, il prend bien la peine de préciser :

— Je t'ai offert ça parce que je savais pas quoi t'offrir.

Là évidemment, je pète un câble. Il est désespérant de fournir autant d'efforts pour que ça marche et qu'au final réaliser que ça ne marche pas du tout. J'ai passé des années à attendre le prince charmant et ceux qui ont frappé à ma porte sont tous des BadBoys. Je dois mettre un terme au sortilège ou sinon... les rebelles auront ma peau.

16

À la réflexion, j'ai toujours été attirée par les mecs à problème. J'ai le syndrome de l'infirmière. C'est vrai qu'à force de parler d'amour pansement, de relation médicament... j'ai toujours pensé que l'amour devait faire mal. Je n'ai toujours eu qu'un seul objectif : vouloir à tout prix sauver mon partenaire. Évidemment si cette façon d'agir est omniprésente dans ma vie, cela vient de mon enfance. Je n'étais pas assez choyée par mes parents, même si j'ai eu une enfance heureuse quand même. Je suis dans l'illusion que l'autre a besoin de moi car pour moi personne n'était là pour m'aider à aller mieux. Je me voue entièrement dans ma relation quitte à me négliger et à laisser tout passer avant moi : pour le bien de l'autre. Mais je finis toujours à bout de souffle car aucun de mes efforts n'a fonctionné. Ils en ont tous profité. Franck en a même abusé. C'est une situation propice à la manipulation qui laisse le champ libre aux pervers narcissiques. Relation épuisante et vampirisante. Quand j'ai appris que Rayan était un gangster, je n'ai même pas eu peur. Je me suis plutôt sentie pleine d'énergie, prête à soulever des montagnes. La super héroïne qui prend sa cape et rétablit ses pouvoirs pour sauver un malheureux. Avec les autres cela a été pareil. J'ai vu en chacun d'eux un petit chiot blessé qui avait besoin d'amour et d'affection. Un déficit de confiance en moi, je n'arrive même pas à concevoir le fait que l'on m'aime pour moi simplement. Je m'imagine compréhensive et utile, je sers au moins à quelque chose. Au début je me sens toujours super puissante portée par mon amour et ma volonté. Quand ils me quittent, je me trouve vide, nulle, inintéressante.

Je m'acharne parce que la relation n'est pas aussi de tout repos. Ce n'est pas une ligne tranquille, c'est toujours un chemin qui par moments est parsemé de ronces. Il y a eu des périodes de bons moments où je me suis sentie galvanisée par un simple geste de tendresse que je recevais, par une parole douce. Je ne tombe que sur des hommes blessés, déprimés ou en échec professionnel. Je les écoute se plaindre, je les rassure, je me plie en quatre pour les rendre heureux mais au bout du compte, je disparais totalement de l'équation car qui s'occupe de moi ? Passer son temps à réparer des hommes abimés n'est pas de tout repos. Je crois que m'occuper à temps plein d'eux m'a juste permis de ne pas mettre en lumière mes propres problèmes. Je croyais me relever de mes blessures en trouvant un homme que je voulais aider à aller mieux alors qu'au final je n'ai fait qu'enfouir au plus profond de moi mes problèmes personnels. À chaque rupture, je retombe dans le même schéma. Il faut que le cercle infernal s'arrête de suite. Je ne dois plus m'investir dans le sauvetage qui n'est qu'une perte de temps. Passer le reste de mon existence à les porter sur mes épaules pour les voir atteindre le bout de leur propre tunnel de malheur est un véritable fardeau au quotidien. Je suis trop gentille et empathique. Et sauver les hommes me rend beaucoup plus malheureuse car je n'y arrive pas. Parce que franchement, ont-ils réellement envie de s'en sortir ? Maintenant que je sais comment tout cela fonctionne, je vais pouvoir faire attention : je tombe sous le charme d'un badboy torturé et fragile qui me fait les yeux doux ? Je ressens le besoin irrépressible de le sauver ? Je change de suite de direction, je traverse, je cours sur le passage clouté, je fuis en marche arrière. C'est fini l'espoir de le voir changer car lui seul a ce pouvoir. Et comme à l'évidence ces mecs préfèrent s'auto détruire en me rendant responsable de l'échec de notre relation, je sais qu'il est inutile de les voir se transformer un jour et vivre de ce fait dans l'idée d'une relation future parfaite. Pourquoi suis-je attirée vers ces hommes fragiles ? Sans doute qu'au fond de moi ce genre de situation me redonne foi en moi, un sens à la vie, à la notion que je sois utile à quelque chose. Quelle dévalorisation de ma propre personne ! Je n'ai aucune estime de moi ou quoi ? Mes souffrances d'enfant vont-elle me gâcher ma vie d'adulte ? Je dois grandir un peu. C'est terminé. Le prochain devra être raisonnable et classique. Je n'ai pas besoin de jouer à l'infirmière prête à accepter chaque remontrance sans rouspéter. Ou alors simplement me déguiser pour des jeux érotiques mais... là n'est pas la question. Je recadrerai immédiatement quiconque me manquera de respect. Je ne veux plus d'un homme blessé émotionnellement, qui a un enfant, un secret, ou un petit quelque chose qui le torture. Je veux un homme correct et sain. Un homme à qui je saurai dire ce qui ne va pas à l'instant où cela ne va pas.

Et c'est alors que je rencontre Éric.

***

Tel un grand manitou fier de ses pouvoirs, Rayan a remarqué la brèche de mon célibat dans laquelle il essaie naturellement de s'incruster. Il connait déjà la direction de mon cœur. Facile pour lui de s'y faufiler. Il me bombarde de textos brûlants qui deviennent des pavés de 50 lignes. Son éloquence bat tous les records de la goujaterie quand il persiste dans ses demandes :
— Romy, tu sais que tu es la femme de ma vie. Viens, on réessaie tous les deux. On peut recommencer sur de bonnes bases.
Même si j'ai toujours le stress quand je reçois de ses nouvelles, je réussis, et j'en suis fière, à ne plus me comporter comme une midinette devant son idole. Après tout, je ne suis plus une gamine. Je viens d'avoir 30 ans et cela doit être un signe de

maturité. Ça fait six ans que je « connais » Rayan et pourtant rien n'a avancé.

— Tu me veux Rayan ? Mais tu as 2 autres meufs à côté de toi. Mets un terme à tout ça et toi et moi c'est ok.

Bien sûr que je me suis renseignée ! S'il croyait avoir affaire à la petite naïve qui gobe tout, il s'est mis le doigt dans l'œil. Je m'affirme et j'affirme à Rayan et à l'univers que je suis monogame et que j'attends de mon mec le même comportement. Comme je savais qu'il ne lâcherait jamais ces deux bombasses qu'il doit interchanger selon ses envies, sans oublier les filles de passage qui se collent à lui comme s'il était fait de glue, j'espérais que ce retournement de situation lui fasse comprendre qu'il doit maintenant lâcher l'affaire avec moi. Je suis remplie de bonnes résolutions. J'ai fait la connaissance dernièrement d'un homme charmant. À première vue. Je n'ai pas encore approfondi la question. Je me sens sereine depuis que Rayan a reçu mon texto et qu'il doit se demander comment il a pu perdre de son pouvoir sur moi. Je le remercierai presque de m'avoir contactée en me mentant une nouvelle fois pour que le travail d'oubli se poursuive sans accroc. La sonnerie de ma porte retentit. Je sautille allègrement pour aller ouvrir tout en me félicitant d'être devenue une femme capable de résister à l'envahisseur.

— Tu ne réponds plus à mes textos. Je suis bien obligé de venir voir si tout va bien. Je m'inquiète toujours pour toi tu sais. Si c'est pas une preuve d'amour ça !

Rayan est là devant moi, souriant. Toutes mes bonnes résolutions s'effritent et s'éparpillent autour de moi sans que je ne réussisse à en retenir une.

Rayan est là, devant moi !

Je croyais être plus forte que ça. Je pensais avoir réussi à domestiquer mon amour *pour lui*. À contrôler mon désir *pour lui*. Mais alors qu'il est là devant moi avec son sourire aguicheur, je suis incapable de résister. Soudain, je suis dépossédée de toute volonté. La machine s'emballe. Je sais pourtant que ce n'est pas possible et que je dois réussir à me maîtriser devant lui. Mais je le veux quand même, je ne peux pas faire autrement. C'est au delà du raisonnable et c'est complètement fou. Le cataclysme est en marche. Je suis prête à tout.

Lui, ténébreux, sauvage...

Mon désir flambe et je réalise que jamais je ne pourrai l'oublier car je suis encore raide dingue amoureuse. C'est comme si on m'injectait de la drogue directement dans mon cerveau, je suis une junkie en manque de dose. Multi récidiviste, je risque la perpétuité dans une vie où Rayan sera mon seul bourreau. J'ai eu beau me protéger, le risque est toujours là. Mon amour pour lui me rend complètement tarée. Il est unique cet homme, il prend toute la place dans ma vie. L'amour fait sauter mes verrous. Je suis prédestinée à l'aimer et à mourir d'amour. Je sens son souffle caresser ma peau, son parfum m'envahir. Émerveillée aussi par son soupir qui me chuchote un « Tu m'as tellement manqué Romy ». C'est comme une douce mélodie qui berce mes oreilles. Sa langue affamée se pose sur la mienne. Je le laisse faire et je gémis déjà de plaisir. Je vole, je plane, je suis au septième ciel. Je suis incendiée. Il me mord, me griffe puis agrippe mes hanches et me porte jusque dans la chambre. Mon corps vibre et l'ivresse m'emporte dans son tourbillon. Je suis étourdie et clouée sur le lit par ses mains puissantes. Il est là, au dessus de moi, m'observant de ses yeux brillants. Son souffle court sur mon cou. Ses mains caressent mon corps qu'il dénude avec force et tendresse. Il me déguste et me fait languir. Sa langue passe un bon moment sur mes tétons avant de venir conquérir ma poitrine. Il descend vers mes cuisses et je ressens le grand frisson. Il se frotte ensuite sur mes parois. Il ressort puis revient de plus en plus vite. Il me perce de son membre avec une vigueur passionnée, resserrant ses mains pour mieux m'empaler sur lui, accélérant au son de mon plaisir. Je me sens fondre en lui. Nous ne sommes plus qu'un. Transport, débordement, extase. Un terrible frisson me dévore la chair. Mes sens s'égarent. Troublée, je me laisse porter par l'orgasme.

***

17

Deux jours après, j'apprends par l'intermédiaire de Sylvie que Rayan n'a pas quitté sa copine actuelle. Ni l'autre d'ailleurs. Cette simple nouvelle déjà me cloue sur le pilori de la tristesse. Alors quand j'apprends que Marie, l'une de ses nouvelles copines, est enceinte de Rayan, je peux voir ma vie s'effondrer en mille éclats de détresse. Le sol doit être parsemé de détritus de mon âme tant je me sens vidée de l'intérieur. Rayan quitte son plan cul numéro 2 pour rester avec sa Marie en cloques. Mais moi, il ne m'a toujours pas larguée. Il me veut toujours dans sa vie. Ça suffit les aberrations! Il est hors de question que je me remette dans une situation bancale. Rayan vient me voir au boulot. Et je me dissous dans le noir de ses yeux. Mais je garde les pieds sur terre. Sa Marie est enceinte. Comment puis-je sincèrement rester neutre devant cette nouvelle qui est une bombe pour moi. Je suis en colère car il n'a pas voulu d'enfant avec moi et qu'aujourd'hui il va devenir papa grâce à une autre. Je retombe dans le piège de la souffrance en me flagellant de pensées négatives. J'essaie de les combattre mais la nouvelle me plonge dans le plus grand désarroi. Je ne digère pas ce qui représente à mes yeux mon propre échec. Je n'ai même pas réussi à éveiller le désir de faire un enfant avec l'homme que j'aime d'un amour passionnel. Je fais le parallèle avec ma vie actuelle et je n'ai rien entrepris de neuf. Je suis restée bloquée dans un passé douloureux avec le désir inconscient de peut-être réussir à le faire revenir. Mais je reprends des forces car c'est la seule solution ; ce n'est pas parce qu'il attend un enfant avec une autre que je ne vaux rien. S'il n'en voulait pas avec moi, cela ne veut pas dire que c'est de ma faute et que je ne suis pas à la hauteur. Je pleure un bon coup, je me vide de mes dernières émotions amoureuses qui ne sont rien de plus que des rêves inaccessibles, je fais abstraction du fait que Rayan va devenir papa avec une autre femme que moi. Et j'avance maintenant. Vas-y Romy, tu peux le faire ! Combien de souffrances encore vas-tu endurer? Cela fait six ans que ça dure. Si inconsciemment j'avais un minimum d'espoir de reconquérir le cœur de Rayan, si j'ai attendu sans le savoir consciemment six ans pour espérer le voir revenir dans ma vie et recommencer une vie de couple, je dois maintenant ouvrir les yeux. Il ne s'agit plus de tourner la page mais bien de fermer le livre. C'est ainsi que le roman prend fin. Je vais devoir en commencer un autre, avec une nouvelle histoire. Un autre homme, d'autres amis aussi. Car le plus difficile est de voir Rayan. Sa présence me rend flageolante, quelles que soient les mauvaises actions qu'il fait, il suffit qu'il apparaisse dans mon champ de vision et je suis troublée. Littéralement. Cela serait risible si je ne trouvais pas toute mon attitude devant lui complètement dramatique.

— C'est terminé Rayan. Je ne veux plus aucun rapprochement physique avec toi. Tu as Marie, tu vas devenir papa. Laisse-moi. Je comprends ton jeu, je l'ai toujours compris ton besoin de posséder toutes les femmes mais là ce n'est plus possible, je ne me laisserai plus avoir.

— Tu crois que j'ai fait exprès d'avoir un enfant ? C'était pas programmé. C'est un accident.

— Et vous le gardez ?

— Mais bien sûr enfin, c'est mon bébé.

— Reste avec Marie et ne viens plus chez moi, c'est terminé.

— Je sais pourquoi ! Tu es avec ce type là qui te court après ? Tu vas me laisser pour lui ?

C'est vrai que Éric est toujours dans les parages, à me demander un rendez-vous. Je vais laisser la chance à une nouvelle histoire qui deviendra le Best Seller de ma vie si j'arrive à me défaire du poids de Rayan dans ma vie.

— Tu as une copine et tu vas avoir un enfant. J'ai le droit d'avoir ma propre vie. Et je veux la faire avec Éric oui. Lui au moins n'a pas de harem tout autour de lui. On reste amis toi et moi comme ça il n'y aura plus aucune ambigüité. Mais pas autre chose, c'est terminé. Tu es avec elle alors reste avec, moi je ne te veux plus.

Je pleure un bon coup puis je décide de répondre à Éric. Je fais quelques repérages de son état psychologique. Je m'applique à bien observer son regard quand il me parle, ses mimiques, sa gestuelle. Rien dans son comportement n'indique une quelconque souffrance. Il n'a pas du tout ce côté Bad Boy qui a besoin d'être sauvé de l'injustice de sa vie, pas de regard de chien battu qui appelle à l'aide, pas d'enfant. Ses amis sont sympathiques. Tout en lui respire la confiance en soi. Une normalité somme toute banale avec un petit côté minutieux qui m'intrigue. Je suis bordélique de nature. Son côté *je dois tout ranger* me plaît car pour la première fois je rencontre un homme qui pourrait m'apporter un petit plus dans ma vie. Apprendre à bien aménager tout à sa place est une façon de faire du rangement également dans ma tête et me vider de toutes ces pensées qui partent dans tous les sens. C'est de cette façon que je vois les choses : un peu de recadrage dans mes petits gestes quotidiens va systématiquement aérer mon esprit. C'est une chance pour moi. Je n'ai jamais eu de type d'homme. Je suis sorti avec des grands, des petits, des musclés, des enrobés. Le côté physique d'un homme n'a jamais été le truc qui me pousse dans ses bras. J'ai toujours recherché ce petit feeling qui me conforte dans l'idée que nous sommes sur la même longueur d'ondes. Bon, je me suis plantée bien trop souvent. Mais là vraiment je le décortique d'une manière minutieuse et je remarque avec étonnement qu'il a l'air tout à fait normal. Je me lance sans appréhension car je sais ce qui est bon pour moi maintenant. Je me sens bien avec lui et son entourage. Je me fais peu à peu mon petit coin d'amis qui m'ont intégrée facilement dans leur groupe. Je respire un autre air plus apaisant en m'éloignant de ma bande habituelle. Je sens une évolution dans ma façon d'être. En couchant avec lui, je me libère de l'emprise de Rayan et de ses petites combines. Cela doit être la raison pour laquelle j'ai un peu précipité les choses avec Éric. Mais je ne le regrette pas. Je suis bien entourée. Éric me plaît. Je le sens fort et sûr de lui. C'est d'un homme de ce tempérament dont j'ai besoin dans ma vie. Quand on commence à vivre ensemble, Éric se transforme en Dieu omnipotent qui ne supporte pas la moindre poussière. Il est d'une maniaquerie presque risible. Je ne suis pas habituée à placer le couteau perpendiculaire à l'assiette comme si un léger déplacement sur la gauche pouvait entraîner un cataclysme planétaire.

— Mais c'est normal de nettoyer sa maison, je ne vais quand même pas te féliciter pour quelque chose de normal...

Il vient de mettre ma bonne humeur en berne en deux secondes chrono. Sacré record.

— Mais... les interrupteurs... tu ne les nettoies jamais ?

Je regarde ce qu'il fixe avec autant d'ardeur. Je ne vois rien d'alarmant. Mes interrupteurs ne sont peut-être pas d'un blanc éclatant mais ils ne sont pas sales non plus.

— Incompréhensible ! Mais ma parole, ce n'est pas net du tout.

Je vais devoir me transformer en parfaite ménagère et astiquer jusqu'à épuisement ces fichus interrupteurs jusqu'à ce que la blancheur immaculée m'éblouisse les yeux. Puis il dirige son regard sur le divan sur lequel je viens de balancer mon gilet. Il lève les yeux au ciel et soupire mécontent.

— Écoute, je lui réponds en soufflant, tu ne vas pas me faire une scène à chaque fois que tu trouveras une miette minuscule sous la tasse à café. Je suis chez moi et je fais ce que je veux !

— Tu aimes la saleté ?

— Ce n'est pas sale ! C'est juste une veste que je viens de jeter sur le fauteuil. Mais ça va, je vais la ranger ! Y'a pas le feu.

— Tu le fais exprès, je ne supporte pas le bordel !

— Non mais ta gueule à la fin ! Je la rangerai quand j'en aurai envie.

Lorsque Éric et moi nous disputons, notre volume sonore atteint de puissantes décibels. J'essaie de comprendre d'où me provient toute mon agressivité. Car je lui parle mal quand je suis en colère alors que jusque là je n'étais pas coutumière de ce genre de propos. Ou seulement en pensée. Ou quand je me parlais à moi-même et que je me traitais de tous les noms d'oiseaux. Et il y en a d'innombrable. Lui aussi ne prend pas des gants quand il a quelque chose de violent à me dire. Mon hostilité verbale défraye toutes les chroniques de ma vie. Je crois qu'à force d'avoir toujours été mal aimée et mal traitée par les hommes que j'ai aimés, cela a engendré chez moi une colère si violente qu'elle me pousse à des extrémités lexicales hautes en couleur. C'est ce sentiment d'injustice et ce ras le bol qui m'ont transformée en mégère. Je me débarrasse ainsi des ressentiments qui se sont accumulés avec le temps. La colère permet de libérer mon sentiment du préjudice que j'ai reçu dans *toutes* mes relations. Inconsciemment, peut-être que je ne veux pas retomber dans le piège des non-dits et me montrer sous le jour peu flatteur de celle qui encaisse tout sans broncher. Ma transformation est due à mon vécu personnel : je crois qu'à l'heure actuelle je déteste mes faiblesses. Alors je me venge de ma vie et de mon impuissance surtout à changer les choses. Avant j'étais trop hypersensible, la moindre petite contrariété prenait des allures de mélodrame, tout m'atteignait de plein fouet et je ne savais pas répondre même si cela me faisait très mal. De là est née ma rage, par la violence de ceux qui m'ont blessée. Je veux pouvoir maintenant répondre coup sur coup, rendre le mal pour le mal qu'ils m'ont tous fait. Pour m'affirmer, je rejoins le clan des *banlieusards*, pour lui montrer sans doute aussi que je n'ai pas peur de lui. On se crie dessus et on s'insulte. Je n'ai plus aucune limite. Avec tout ce que j'ai vécu avant, je ne me laisse plus faire. Si dès le départ je me fais marcher sur les pieds, après c'est mort. Je vais encore me faire démolir émotionnellement. Mais je suis peut-être un petit peu trop dans l'excès. À coup de : « Va te faire foutre ! Je t'emmerde ! » Je parle très mal. Là je ne me reconnais plus. Ce sont comme des crises de nerf devant ses reproches. Mais lui aussi parle mal, on a du mal à se comprendre. Une fois la scène passée, les claquements de portes résonnant en écho dans tout l'appartement, la tension redescend et on essaie de s'expliquer. Mais le mal est fait. Quand on franchit la frontière de l'insulte, c'est mal barré pour retrouver un semblant de neutralité.

Le lendemain Éric m'appelle au boulot et me dit :

— Puppo est puni. Donc quand tu rentres, tu fais pas de caresses au chien.

Je suis déjà fatiguée rien que de l'entendre. Mais bon... pour une fois je vais aller dans son sens. Je ne dis pas que je ne vais pas défendre mon chien, surtout qu'il l'engueule toujours pour un rien, mais je n'ai pas envie de me prendre la tête ce soir encore avec lui.

— Pourquoi il est puni ?

— Parce qu'il est monté sur le canapé. Parce que tu as oublié de mettre les tabourets dessus !

Soit.

J'ai oublié.

Ok.

Lorsque je rentre, le chien est tout heureux de me voir. Il remue sa queue et aboie en me tournant autour. Je suis à deux doigts de le câliner pour répondre à son bonjour quand Éric l'engueule et lui ordonne de retourner dans le panier. Le chien retourne se coucher avec dans le regard une peine qui me fait mal au cœur. Je profite que Éric ait le dos tourné pour aller murmurer à Puppo que bientôt nous allons sortir nous promener. J'arrive même à lui faire une caresse.

— Tu le punis dans le lieu où il dort. T'as rien compris, je lance à Éric qui me tourne le dos.

Il n'a pas le temps de répondre que la sonnette de la porte retentit. Monsieur a invité deux copains. Sans me prévenir. Heureusement que je les aime bien, ses amis. Ils sont aussi devenus les miens au fil du temps, exactement durant nos six premiers mois de réjouissance. Il faudrait que je me renseigne sur le pouvoir du mauvais œil. Quelqu'un a du aller trafiquer des trucs pas très nets pour que je ne finisse jamais l'année en pleine possession du bonheur conjugal. Parce que voir la répétition de mes échecs successifs dans le même laps de temps est tout de même aberrant. Ou alors, tous les hommes sur terre possèdent la *caméléon attitude* qui les fait redevenir crapaud après avoir arboré l'attitude d'un prince. Je ne connais malheureusement pas toute la population masculine de la terre entière. Mais si je dois me ranger à un avis, sans doute que j'attire moi-même les exceptions qui confirment la règle. Éric a donc invité ses deux potes à manger avec nous. Évidemment le frigo est quasiment vide. Nous n'avons pas encore eu le temps de faire les courses. C'est pourquoi quelques petits morceaux de nourriture gisent un peu partout dans le frigo. Il me faut beaucoup d'imagination pour concocter un repas pour quatre personnes. De toute façon, je n'ai pas très faim. Une bouche de moins à nourrir... ça peut être faisable. Espérons que leur appétit équivaut aux calories espérées par Weigt Watchers : 3 points chacun. Sinon ils vont repartir le creux au ventre. Et puis, je ne vois pas pourquoi je dois m'en faire : je ne suis ni Cendrillon ni une magicienne. Si Éric n'est pas satisfait, rien ne l'empêche de commander une pizza. Je me mets au fourneau et je finis par trouver la solution : une salade et du chèvre chaud. La préparation est rapide. Éric a déjà mis les couverts. D'un coup d'œil j'admire la perfection de l'alignement des verres. Après qu'ils se soient tous installés, je lance à Éric sur un ton neutre et sans aucun éclat de voix, juste pour le prévenir :
— La punition a assez duré. Il est 21h, le chien doit manger.

Puppo est libéré de sa geôle douillette et il vient se refugier dans la cuisine à côté de moi. Je lui fais des caresses discrètement. Je me demande comment on peut se montrer sévère avec lui alors qu'il est un vrai petit amour. Puppo grignote un peu mais comme moi il n'a pas très faim.

— Tu vois ? dit Éric d'une voix forte, il ne mange pas ! Puppo, panier !

— C'est bon, je réponds pour défendre mon chien. La punition a commencé à 19heures et il est 21 heures. Le chien ne comprend rien. C'est pas en criant qu'il comprendra mieux. À part lui faire peur, ton comportement ne sert à rien. Parce que je suis sûre qu'il ne sait même pas pourquoi il est puni.

Je m'avance vers la table et je les sers. Sans une once de mécontentement. Je me montre parfaitement à l'aise dans mon rôle de femme au foyer, cuisinière à ses heures perdues. Chacune de leur portion est riquiqui mais je ne sais pas faire de miracle. L'un des deux amis me propose pourtant de partager la portion avec moi. Je le remercie d'un sourire en le rassurant sur le fait que je grignoterai plus tard car pour l'instant je n'ai pas faim. Éric engloutit sa ration sans faire le moindre commentaire et sans se soucier de moi. Sans un merci non plus pour la préparation. Devant cette ambiance oppressante, je préfère rejoindre mon chien et le câliner un peu. Je ne supporte pas l'idée qu'il soit malheureux.

— Je vais promener Puppo.

Je me libère et le libère aussi par la même occasion. Dehors il fait légèrement frisquet et j'ai l'impression de me rafraîchir les idées pendant que je ressasse le comportement d'Éric vis-à-vis de moi et du chien. La promenade dure une demi-heure. Puppo court et saute. Le voir s'amuser me procure un bien fou. Lorsque je rentre, je demande aux deux amis :

— Il est où Éric ?

— Il est juste allé chercher un truc chez un copain. Il n'en a pas pour longtemps.

L'atmosphère est totalement détendue. Je parle avec eux. On rigole d'anecdotes qu'ils me racontent sur leur journée respective. À tour de rôle, chacun lance la balle à Puppo qui ne se fait pas prier pour la ramener à chaque fois. Cela nous fait rire de le voir aussi excité par le jeu.

— Puppo, panier !

L'ordre tonitruant d'Éric nous fait tous sursauter. J'ai cru qu'il avait un porte voix tant l'intensité a été à son comble. Je ne tiens pas à jeter de l'huile sur le feu pour que la conversation se transforme en pétards assourdissants devant ses deux amis... mais tout de même, ce poids du jugement qu'il assène avec brutalité ne permet qu'un dialogue à sens unique : il ordonne, le chien doit obéir. Et moi je ne dois rien dire. Peut-être s'attend-il à une lueur de soumission dans mes yeux devant l'homme des cavernes qui revient dans sa grotte après une absence d'une heure. Son comportement effraie mon Puppo et cela, je ne peux le tolérer. Éric se mêle de tout, il prend les décisions seul et il passe son temps à juger quiconque vit près de lui. J'en ai assez gobé de la soupe à la grimace. Il est en train de pomper mon énergie. Je la vois s'enfuir elle aussi à toute jambe. Je me sens étouffée par ce sentiment d'abnégation qu'il veut me voir atteindre pour ne pas le contrer. *Laissez glisser* son attaque pour ne pas rallumer la mèche de sa colère est au dessus de mes forces. Je n'accepte pas que l'on fasse souffrir Puppo.

— Ça suffit maintenant, je lui lance sur un air de défi. On n'est pas au goulag. Arrête de crier. Tu ne vois pas que Puppo capte que dalle à ta mauvaise humeur ?

— Il ne doit plus monter sur le canapé. Il doit comprendre.

— Non mais attends, quand tu es rentré, il était sur le canapé ?

— Non mais il y avait des poils !

— Mais tu ne vois pas que tu lui fais peur ?

— Comme ça il obéira.

Je le vois alors s'avancer vers le chien et l'attraper par le cou. Ensuite je vois Puppo voler et j'entends ses hurlements de frayeur puis des couinements plaintifs quand Éric l'aplatit sur le dos dans un état de soumission. Cela a duré quelques secondes. Juste le temps pour moi d'ouvrir la bouche, choquée et de regarder comme dans un ralenti mon chien se faire maltraiter. Je me réveille du traumatisme et je lui hurle de le lâcher. Je me jette sur Éric et je lui donne des petits coups de poings sur l'épaule tout en lui demandant d'une voix plaintive et effrayée de le lâcher immédiatement. Une minute après Éric se relève après avoir libéré mon chien qui file la queue basse et les pattes fléchies jusqu'à moi.

— C'est bon, je me casse.

Ses deux amis, aussi choqués que moi, essaient de calmer un peu ses ardeurs de tortionnaire mais Éric fait comme s'il était devenu subitement sourd. Il récupère alors rapidement quelques affaires lui appartenant. Il lui faut moins de trente secondes pour tout rassembler. Il s'en va. Il n'y a que les lâches qui partent sans se retourner.

***

18

Lorsque Benoît et Sylvie ont eu un enfant, ils m'ont choisie pour être sa marraine. A l'époque, je virevoltais encore parmi les fleurs, je dansais dans le jardin d'Eden avec à mon bras le plus beau des Anges, j'étais amoureuse, heureuse, remerciant la vie pour tous ses bienfaits sur ma petite personne, regardant l'horizon verdoyant colorié de promesses. Devant tant d'exaltation et de bonheur, les nouveaux parents ont choisi de réunir ce couple au top de la positive attitude et ont donc choisi Rayan pour être le parrain. Quelques années après, le brouillard s'est imposé dans ce jardin vidé de ses fleurs et les deux amoureux sont devenus acariâtres et dépressifs mais bon... c'est l'anniversaire du petit aujourd'hui et je me dois de lui apporter un cadeau. Bien sûr je me suis répété des mantras qui me confortent un peu dans l'idée que je ne vais pas m'éterniser chez eux. Je vais juste passer en coup de vent, histoire de faire acte de présence et bifurquer vers la sortie pour ne pas croiser celui que je veux fuir. Sylvie a bien évidemment invité Rayan et sa copine enceinte jusqu'au cou. Ce détail déjà me rend neurasthénique et je m'efforce de surmonter mes idées noires à l'idée de voir ce gros ventre dans lequel l'enfant de Rayan doit barboter gentiment. Sylvie, consciente de mon malaise, a prévenu Marie de ne pas imposer son état de grossesse pour ne pas me faire de la peine. Elle lui a donc demandé si elle pouvait s'habiller d'une robe large pour l'occasion. Marie connaît mon histoire avec Rayan. Maintenant qu'elle est à son bras, radieuse, elle pourrait faire un effort pour ne pas étaler son bonheur devant ma face. Je ne sais pas si c'est une demande justifiée. Mais j'espère qu'elle aura la décence de ne pas trop s'afficher devant moi. Il est inutile de m'envoyer des flèches empoisonnées de leur bonheur devant mon existence maussade. Je n'aurais pas du demander à Sylvie cette faveur. Si je m'étais tue, Marie n'aurait rien su de mon état de détresse devant sa grossesse, moi qui ai mis un terme à la mienne car Rayan ne voulait pas d'enfant à l'époque. Ou alors n'en voulait-il pas avec moi. Quoiqu'il en soit, mon erreur a été d'en parler à Sylvie, en lui expliquant au départ que j'étais réticente à l'idée de venir à l'anniversaire de son fils car il m'était impossible de voir de mes propres yeux Marie enceinte de Rayan. Sylvie a cru bien faire en en parlant à Marie, espérant sans doute qu'elle comprenne qu'il était inutile de me faire de la peine. Après bien des palabres, j'ai décidé donc de me rendre à l'invitation pour embrasser mon petit filleul. Rester 30 minutes chrono ne doit pas être au dessus de mes forces. Il y a des priorités dans la vie. Et ma morosité à l'idée de voir étaler le bonheur d'une femme qui a pris *ma* place n'est rien en comparaison à la présence d'une marraine le jour de l'anniversaire de son filleul. Je laisse donc de côté mon ressentiment et, fière à l'idée de n'y rester qu'un court instant, je me dirige chez Sylvie et Benoît. Évidemment, où avais-je la tête pour songer un instant qu'une demi-heure suffisait pour anesthésier mes émotions ? Une seconde a suffi pour me tétaniser de douleur et les 29 minutes et 59 secondes suivantes ont suffi à me transformer en une loque humaine. Marie est arrivée en mini jupe, arborant en dessous d'un tee-shirt ultra court son ventre rebondi. Le sourire aux lèvres, le bras bien posé sur Rayan qui ne me regarde pas. Durant cette demi heure de torture, je remarque que pas une fois Rayan ne m'adresse la parole. Il a l'air un peu embarrassé par ma présence. Ou est-ce le comportement de Marie qui le gêne? Je n'ai pas le droit de faire un quelconque commentaire, de faire ma jalouse ou de devenir l'Inquisitrice qui s'acharnerait à trouver son comportement aberrant de méchanceté gratuite et à le lui dire. Et en plus de cela je ne vais pas flancher devant *elle*. Je me lève, trente minutes sont passées et j'ai résisté au désespoir. J'ai pris sur moi comme d'habitude en faisant bonne figure. Puis je pars. Il est temps de mettre fin à mon supplice. Rayan se lève et me raccompagne jusqu'à la porte devant les yeux furieux de Marie. J'ai croisé son regard et j'ai cru que j'allais m'évanouir de honte tant je n'ai pas le droit d'avoir mal. Rayan me fait un petit câlin pour me dire au revoir très rapidement puis il repart vers Marie. Voilà ce qu'est devenue ma vie : je suis la trentenaire célibataire qui voit les autres s'épanouir tout autour de moi tandis que de mon côté je m'évertue à tous les faire fuir. Je suis même abasourdie devant mon amertume d'une vie ratée et la pénitence que je m'impose à moi-même à chaque fois que je croise Rayan. Comment faire pour étouffer cet amour qui me brise un peu plus chaque jour ? Vais-je poursuivre ma vie et voir passer les années avec une condamnation lourde sans jamais réussir à m'en libérer ? À chaque fois que je me crois sortie de l'auberge, il me suffit de le croiser sur le pas de la porte et je retourne à nouveau dans ce lieu sombre. Pourquoi est-ce que je l'aime toujours ? On m'a toujours dit que le temps guérissait les blessures. Je suis pourtant bien placée pour connaître le mensonge d'une telle certitude. On a du me greffer un cerveau lors de manipulations génétiques car sinon ma matière grise réussirait à me faire oublier ce qui n'est pas bon pour elle et par conséquent pour moi. Ma cervelle peut-elle vraiment se complaire dans le masochisme en attendant toujours une récompense là où il n'y a rien que de la désillusion ? Elle passe son temps à m'envoyer des signaux perturbants sur l'information essentielle : il lui manque son taux de plaisir. Je ne peux donc plus faire confiance à ma raison pour me sortir de ce guêpier. Je devrais entamer le processus de guérison en commençant une introspection minutieuse de ce qui est bon pour moi. Ce n'est peut-être pas Rayan qui me manque. Mais les sensations que je ressentais quand j'étais avec lui. Je me sentais vibrante là où je ne suis plus qu'une femme maniacodépressive en manque d'amour. À l'heure de mon bilan affectif, une fois de plus rejetée par le dernier homme de ma vie, je n'ai aucun rempart pour me protéger des assauts de Rayan. Personne à qui m'accrocher. Et pas du tout la force de le repousser. Tel un professionnel de la séduction, ce qu'il a toujours été, Rayan déploie tout son arsenal de charmeur muni d'explosifs super puissants pour de nouveau se frayer un passage en direction de mon cœur. Il est trop puissant. Son ascendant sur moi est tout aussi incompréhensible qu'il est magnétique. Il a ce quelque chose de magnifique, une façon de s'approcher du divin quand on se retrouve près de lui. Le lendemain, il vient me voir au boulot. Je suis encore dans un état second. J'ai tellement pleuré hier en courant jusqu'à mon appartement, j'ai poursuivi mes lamentations jusque tard dans la nuit que mes yeux sont gonflés, ma mine triste et mon teint blafard. Je ne peux plus me supporter. J'ai même du mal à me comprendre. Car comment puis-je encore être faible devant les agissements de Rayan alors que cela fait des années maintenant que je connais tout de sa façon d'être ? C'est dans cet état d'esprit qu'il apparait devant moi ce matin alors que je suis derrière mon bureau à ressasser ma peine jusqu'à épuisement :

— Ma Romy, je suis tellement désolé pour hier. Tu étais trop belle. Je n'avais qu'une envie, c'était de te prendre dans mes bras.

Je lève les yeux sur lui, désemparée. Je ne sais plus quoi faire pour me sortir de cet enfer que mes émotions pour lui me font vivre. Depuis toutes ces années, malgré quelques moments d'embargo quand j'étais en couple avec d'autres, Rayan a toujours réussi à avoir de l'ascendant sur moi. C'est inexplicable et pourtant il suffit qu'il me parle et je me range à son avis, je n'ai plus de volonté propre. Je suis en quelque sorte soumise à son bon vouloir. Cette emprise qu'il a sur moi m'interpelle et pourtant je ne suis qu'une brindille portée par le vent quand je lui réponds doucement :

— Mais pourquoi tu me dis ça ?

— Parce que c'est vrai. Il n'y a qu'une chose importante, c'est toi et moi.

— Mais enfin... tu as Marie et...

— Oh je ne la supporte plus. J'attends juste que ma fille naisse puis après je me casse.

Une fille. Une petite fille sans défense qu'il va inonder d'amour. Est-ce que le fait d'avoir une fille qu'il devra protéger va transformer le comportement de Rayan vis à vis des femmes ? Va t-il ressentir la peur de la voir plus tard confrontée à de mauvais choix concernant ses petits copains ? Tous ces hommes qui vont profiter d'elle en lui mentant sur leur amour simplement pour coucher avec elle ? Ces hommes qui la traiteront de pièce à viande tout juste bonne à donner du plaisir. Sa fille sera de toute façon la première femme à qui il témoignera du respect.

— C'est avec toi que je veux être, me murmure t-il avec tendresse. On se voit ce soir ? Je suis libre.

Je secoue la tête.

— Je ne peux pas. Marie est enceinte, ça ne se fait pas, je ne suis pas une connasse. Tu devrais le savoir depuis le temps que tu me connais.

— Je comprends mais sache qu'il ne se passe plus rien avec elle. Je ne la touche plus. Alors tu vois, être avec toi ce n'est pas la tromper.

— Ta fille va bientôt naître. On verra après.

Je sanglote tellement que je n'ai même pas envie qu'il me touche. Heureusement d'ailleurs, car si je ne me coltinais pas une tonne de mélancolie, je me serai jetée dans ses bras. Ou, tout du moins, je n'aurais pas résisté longtemps à son appel. Passer une nuit avec lui me redonnerait le sourire. Mais je ne peux vraiment pas me résoudre à me comporter comme une fille légère. Surtout qu'il n'est pas libre. S'il me veut, il doit montrer patte blanche sinon je sens que je vais encore plonger tête baissée dans une vie de merde infinie. J'ai grandi, j'ai mûri. Je l'aime toujours. Le problème c'est que tous mes amis font écho à ce que Rayan me dit. J'entends tout le temps les autres dire à quel point Rayan en a marre de se coltiner Marie et qu'il n'a qu'une envie, que sa fille naisse pour qu'il puisse la quitter d'une manière plus honorable.

Vraiment ?

On ne quitte pas une femme enceinte ? On la quitte dès qu'elle a accouché ? C'est tout aussi inhumain et scandaleux de prendre la place de cette femme dans ces circonstances.

Même si je la hais.

Une fois j'ai même entendu Rayan parler au téléphone avec Marie. Il lui hurlait dessus. Les autres me répètent qu'il n'en peut plus, qu'il ne l'aime pas et que Marie le sentant s'éloigner peu à peu est toujours sur son dos. Alors je me demande si par hasard, pour la première fois de sa vie, Rayan ne serait pas dans le vrai concernant son optique d'une vie à deux avec moi. Pour une fois, Rayan ne mentirait pas ? C'est une grande nouvelle. Je vais devoir marquer ce jour dans mon agenda comme une révélation. Malgré mes remparts qui se désintègrent doucement, la plupart tiennent encore debout et donc je réussis tout de même à tenir Rayan loin de mon lit. Lorsque peu après je reçois un texto de lui qui m'envoie une photo de sa fille qui vient de naître, je gémis, je pleurniche, je suis dans un état lamentable où se mêlent mes souvenirs d'interruption de ma propre grossesse et la nouvelle réalité : Rayan est devenu papa. Il y a une autre maman dans l'histoire et cela me bouleverse. Je prends la peine de lui répondre :

— Félicitations. Je vous souhaite tout le bonheur du monde.

Je suis sincère en plus. Je rajoute pour terminer le texto :

— J'espère que ça c'est bien passé et que Marie n'a pas eu trop mal.

Là j'ai laissé parler mon animosité. J'espère qu'elle s'est tordue de douleur et qu'elle en a bien bavé, cette garce qui a eu le culot de porter la vie quand moi je l'ai éteinte. Qu'elle se soit égosillée à force de douleurs insoutenables que RIEN n'a pu atténuer.

— Ça s'est plutôt bien passé.

Zut !

— Les contractions ont été douloureuses mais l'accouchement nickel.

Les poings levés vers le ciel, je me demande pourquoi je n'ai pas mérité une petite récompense moi, alors que je suis là, toute penaude et toute gentille pour féliciter les nouveaux parents.

— Merci mon ange de m'avoir répondu aussi vite. Je suis heureux et je voulais partager ce moment avec toi.

— Tu verras tout va s'arranger. Tu as ta famille maintenant. L'arrivée d'un enfant ça change tout. Tu as ta fille maintenant et c'est le plus important.

— Non je n'aime plus Marie. J'aime ce qu'elle vient de m'offrir mais je vais la quitter. C'est un fait, je ne peux plus rester avec elle quand je t'aime toi.

Je ne me suis jamais sentie aussi proche de lui depuis que nous nous sommes quittés. Il est bon de ne plus focaliser sur les sentiments que Rayan me porte. Je me concentre sur ce que je ressens moi : un lien puissant qui m'unit à cet homme après toutes ces années. Rompre ne signifie pas toujours que les sentiments sont morts. Il restera mon partenaire de vie, même si nous ne nous remettons jamais ensemble. J'aime le savoir heureux. Même si cela me fait mal que je ne sois pas la cause de son état de béatitude. Je culpabilise toujours de ne pas avoir su le combler. Maintenant il a réalisé qu'avoir un enfant faisait partie de l'un de ses rêves. Je ne crois pas qu'il soit vraiment sérieux quand il reparle de nous. Je crois sincèrement que je fais toujours partie de sa vie. Je suis le témoin de ses actes, je suis même devenue sa maîtresse platonique. C'est à moi qu'il se confie là où auparavant il me cachait tant de choses ! Notre lien a survécu à la rupture, rien ne peut plus désormais nous atteindre.

— Ça t'a fait quoi de la prendre dans tes bras ? Ça a du te faire bizarre, je lui demande en parlant de ce petit bout d'être humain qui est arrivé dans notre monde.

— Oui, j'ai fondu en larmes. C'est trop comme sensation. Tu verras, quand je te ferai un enfant.

Pour lui, je reste une conquête toujours possible. Je crois qu'il adore l'effet qu'il me fait. Nos propos ne doivent pas devenir ambigus et son attitude envers moi ne doit plus être provocante. S'il veut une relation durable avec moi, j'ai l'intuition, due à mes années de labeur, qu'elle n'est peut-être pas tout à fait vrai. J'ai tort d'avoir conservé ce lien amical avec lui. C'est affreux car pour rester ami, il faut l'avoir été avant. Et avant.... nous avons été des amants passionnés. J'ai toujours du désir pour lui, il ne peut rester mon ami. Ou alors je dois être maso au point d'accepter de me nourrir des débris qu'il me lance. Je dois couper le cordon sentimental et jeter aux orties mon doudou émotionnel. J'ai grandi depuis, je ne devrais plus en avoir besoin pour me rassurer. Car renifler son odeur c'est replonger dans la dépendance. Pourquoi n'ai je pas la force de le laisser sur le bord de ma route pour poursuivre celle ci sans remords ni regrets ? Parce qu'il y a encore cette petite voix qui me dit que nos retrouvailles vont bien avoir lieu. Chacun a fait sa vie de son côté. J'ai laissé Rayan brouter ailleurs tant il pensait que l'herbe était plus verte loin de mes bras. Et si maintenant nous constatons, tous les deux, que parmi tous nos partenaires que nous avons eus depuis notre séparation, nous sommes faits l'un pour l'autre ? Nous étions peut-être trop jeunes à l'époque. Rayan avait peut-être besoin d'aller voir ailleurs avant de se poser.

— Parce que je veux un enfant de toi, vient de conclure Rayan en me réveillant de mes pensées. Et lui, ce sera un enfant de l'amour.

19

Je n'ai pas pu résister bien longtemps. Ce moment privilégié dans lequel mon corps se fond dans le sien est arrivé assez vite. Faire l'amour avec lui apaise tout mon stress. Je ne ressens ni douleur ni peine. Je suis dans l'œil du cyclone dans lequel vit le pur nirvana. Ma passion pour lui est extrême. Absolue. Même si parfois je suis effrayée par l'ampleur de mon désir. Je l'ai dans la peau, je recommence à ne penser qu'à lui. Maintenant que nous nous sommes retrouvés, je ne peux envisager de me passer de sa présence et encore moins de le perdre. Je goûte à nouveau à son corps, je respire le parfum de sa peau. Je ne sais pas comment j'ai pu continuer à vivre sans lui. Il n'a pas encore quitté Marie mais cela ne saurait tarder.

— Ne réponds pas à ce message, me textote Rayan. On passe la nuit ensemble toi et moi, je serai chez toi à 21 heures.

Il est avec elle, c'est pourquoi je ne peux pas lui envoyer ma réponse. Marie va encore lui prendre la tête si elle soupçonne une infidélité. Pourtant elle devrait être au courant maintenant du désintérêt de Rayan pour elle. De mon côté, je me remets en mode attente aliénante. Je l'ai laissé entrer en moi avec délectation. Rayan m'habite à temps complet. Je l'attends avec fébrilité et impatience pour reprendre nos corps à corps fabuleux. J'attends un regard, une parole, un geste. J'attends qu'il soit avec moi pour me témoigner une marque de tendresse et d'intérêt. Je suis redevenue la Romy paillasson sur lequel Rayan s'ébroue à sa convenance, quand il a un moment à me consacrer. Ma volonté et mes bonnes résolutions ont laissé un vide permanent qui se remplit de *lui* au fil de mes nuits. Ces moments sous la couette sont indispensables à ma survie.

Coucher ensemble a redonné du souffle à notre histoire. L'excitation de l'interdit se mêle à d'anciennes sensations familières. Rayan est déchaîné. Il me fait l'amour comme s'il mourait de faim et m'embrasse avec une telle fougue qu'on le croirait déshydraté. Mes sens en éveil catalysent la foudre qui s'abat sur mon corps et mon âme dès qu'il saute dans le lit. Je m'accroche aux miettes de temps qu'il m'accorde. J'ai conscience du fait qu'il y quelque chose de profondément perturbant en moi. Je m'accroche à lui, persuadée que nous allons finir ensemble pour couler des jours heureux.

Les jours passent et les semaines aussi.

Ce soir, je sens que j'ai atteint les limites de ma patience. Rayan vient de m'envoyer un texto dans lequel il me demande de pimenter notre nuit en y ajoutant une scène coquine. Il veut que je l'attende en sous vêtements sexy en gardant mes talons aiguilles. Une heure après il n'est toujours pas arrivé. À deux heures du matin, je me retrouve dans ma chambre seule, le visage tourné vers le miroir de ma commode. L'image que me renvoie le miroir est celle d'une femme pathétique. Je suis maquillée et vêtue comme une pute. Pour laisser libre court à ses fantasmes. Mais il n'est pas là et je me sens ridicule dans cette tenue. Il faut se rendre à l'évidence : Rayan n'a pas pu déserter ce soir pour venir me rejoindre. Je me sens humiliée. Il est toujours avec l'autre. Moi il me cache, il a honte de notre relation. Rien de bien nouveau sous le soleil : il me ment encore. Dans ma tête, une alarme vient de se déclencher. Elle me hurle : « ATTENTION DANGER. Fuis Romy, FUIS ! » C'est alors que je vois défiler tous les mecs que j'ai laissés passer et qui auraient pu me rendre heureuse si je n'avais pas eu cette manie stupide de penser que sans la passion, même destructrice, l'amour ne valait pas la peine d'être vécue. Il n'y a pas d'explications à ce phénomène teinté de mystère : oui je l'aime toujours. Mais est-ce que cela est suffisant ? Pourquoi suis je attachée à cet homme que je vois comme le héros de ma vie, un être exceptionnel qui me fait planer, doué de qualités que je suis seule à reconnaître ? Je suis comme dépossédée de ma personnalité. Tous mes repaires s'effacent. Rayan tel un aimant puissant aspire toutes mes énergies. Ses caresses sont si puissantes que je les sens traverser ma peau. Il a pénétré au plus profond de mon être et il s'y est installé. Il est devenu le centre de mon monde. Mais ce soir, me voir prostrée dans l'attente de sa venue, réaliser que cela fait maintenant cinq heures qu'il aurait du être là me procure finalement un électrochoc : nous n'avons pas d'avenir ensemble. Je ne vais pas rester là, les bras ballants à l'entendre me dire un jour que tout est terminé. Je ne veux pas être privée de ma fierté de partir la première cette fois ci. Je perds mon temps. Je n'ai plus la force de recommencer ni l'envie de revivre tout ce par quoi je suis déjà passée. Je dois trouver le courage de couper court à nos nuits fautives. Je viens de comprendre qu'il n'a pas encore parlé à Marie de son prochain départ. Il veut nous garder toutes les deux sous le coude. Quand je pense qu'il m'a demandé d'arrêter de prendre la pilule. J'ai eu l'intelligence de lui dire que je n'étais pas prête à tomber enceinte avant que notre relation devienne officielle. J'en ai envie pourtant. Si je m'écoutais un peu plus, je l'aurais déjà fait. Mais c'est trop tôt pour moi à cause de ma jalousie mal placée. À partir du moment où j'ai vu tout ce qu'il a fait et continue de faire pour sa petite, moi je veux qu'il fasse exactement pareil avec notre enfant hypothétique. S'il ne fait pas le moindre truc qu'il aurait fait avec elle, je le vivrais trop mal. Car j'ai encore les blessures infligées par le comportement de Rayan envers moi et envers les autres femmes. Certaines ont été mieux servies que moi. Marie la première.

Il est trois heures du matin et je n'ai toujours pas de nouvelles de Rayan. Mon maquillage a déteint sur mes joues.

Regarde-toi Romy ! C'est ainsi que tu veux vivre durant toutes tes prochaines années ? Attendre... et attendre encore un appel de Rayan ?

Je perds mon temps... je perds mon temps...

Je n'ai pas la force de me lancer à l'assaut des bars ou autres endroits branchés pour dégoter celui qui me fera oublier Rayan. Car cela aussi je l'ai déjà expérimenté. Mes échecs successifs m'ont vaccinée. Me vendre sur des sites de rencontres, très peu pour moi. Je dois d'abord remonter la pente avant de me lancer sur le marché chaotique de la drague. J'ai perdu de vue celle que je suis. Je dois me reconstruire.

Il est cinq heures du matin. Je suis toujours assise sur le lit, le regard tourné vers le grand miroir de ma chambre. Je regarde *cette femme* qui espère et qui pleure. Et je la trouve insensée et grotesque. Mais c'est moi *ça* ? Que m'est-il arrivé ? C'est alors qu'un petit déclic brise le silence de la nuit. J'entends le bruit de l'éveil de mon inconscience. Je l'entends qu'elle m'appelle pour l'aider à se libérer. Une introspection est nécessaire. Sans m'en rendre compte consciemment, je repasse en revue mes années. Une sorte de rétrospective de ma vie. Avec en apothéose toutes les disputes qui m'ont opposée à mes ex. De longues périodes de conflits. Une colère en moi qui grondait de plus en plus fort sans jamais réussir vraiment à se faire entendre. À chaque nouvelle rencontre, les conflits sont arrivés au grand galop et j'étais dans l'obligation de mettre un terme à une relation sans issue. Je me revois avec eux et je réalise que je prenais plus de plaisir à me prendre en photos avec mes amis, ou même à immortaliser le repas du restaurant pour les poster sur les réseaux sociaux plutôt que de profiter de mon homme. Une façon d'étaler mon « bonheur » pour ne pas devoir affronter ce mensonge et poursuivre une vie sans éclat entourée d'artifices. Mettre ma vie en avant a été le symbole de tous mes échecs sentimentaux. Il ne sert à rien de se pavaner quand on est en couple pour prouver aux yeux du monde que tout va bien dans ma vie alors que tel n'a jamais été le cas. Mensonges, j'ai passé mon temps dans le mensonge. Aucune complicité dans mes relations. Elle a toujours réussi à plier bagage. Et moi je ne voyais rien ? Pourquoi mes histoires se terminent sans arrêt de la même manière ? Pourquoi je tombe systématiquement sur le même genre d'homme ? C'est parce que je le choisis. Je crois comprendre maintenant pourquoi je tombe toujours sur des mecs qui me font mal. Il n'y a qu'une réponse possible. *Parce que j'aime souffrir.* C'est un électrochoc pour moi de voir l'évidence. Bien sûr cela me blesse de comprendre quelle femme je suis véritablement. L'image n'est pas flatteuse et mon ego en prend un coup. Mais il est bon de le reconnaître, de ne plus me jeter de la poudre aux yeux. Je ne dois m'en prendre qu'à moi-même si je stagne depuis sept ans dans mes relations amoureuses chaotiques. Je ne suis pas obligée d'être une victime. Rayan et tous les autres, c'est moi qui les ai choisis. Je pouvais dire non, j'ai tout de même eu mon libre arbitre. Mon comportement de défaitiste chronique je le dois à ma complaisance pour la souffrance. *J'aime souffrir.* Je suis heureuse d'être réaliste et d'accepter ma vraie personnalité sans faire aucun esclandre : vivre des drames me fait du bien. Je ne me suis jamais dit que j'allais être pleinement heureuse dans ma vie, j'ai besoin d'avoir des catastrophes pour être *bien.* C'est comme si tous les méfaits qui m'assaillent me donnaient l'impression d'exister. Je n'ai jamais eu l'impression de compter pour les gens si je racontais mes joies. Au contraire, j'ai passé mon temps à penser que personne ne prendrait de leur temps pour m'écouter ou m'aimer s'il n'y avait pas quelque chose de dramatique à raconter. J'ai connu des moments d'euphorie et de pur bonheur. Heureusement. Mais j'ai toujours eu besoin d'avoir quelque chose qui vienne tout flinguer, juste pour avoir l'impression d'être vivante. J'ai besoin de ressentir la peine car c'est un sentiment tellement plus fort, tellement plus important. Lorsque je suis malheureuse et que je me laisse envahir par la détresse, je ressens une pointe douloureuse qui me réveille de ma léthargie comme pour me faire réaliser que je suis vivante. Comme si cela me confortait d'un : « Tiens, je suis là ! » Comme si la douleur était la seule force qui me maintienne en vie.

Pourquoi ?

J'ai vécu très longtemps dans la douleur et j'ai peur de la quitter.

Pourquoi ?

Parce que je ne m'estime pas assez, que je me dévalorise et que je ne suis pas en paix avec mon passé. Soudain je me remets à penser à l'un des plus douloureux épisodes de ma vie. J'en ai eu plusieurs. Mais celui-ci restera gravé dans le Top 5 de mes grandes blessures. Je me revois, en larmes dans ma salle de bain au début de mon histoire avec Rayan, il y a sept ans maintenant de cela. J'hurlais : « Papa je t'en supplie laisse moi tranquille, laisse moi faire ce que j'ai envie de faire avec lui. Ne me mets pas des bâtons dans les roues ». Je ne me disais pas que la prière pouvait m'aider ni pourquoi je parlais à mon père comme si c'était lui qui m'empêchait d'être heureuse avec Rayan. Je me disais qu'il était là pour me protéger, me protéger de cet amour peut-être. Et j'ai rompu ce lien avec mon père. Je m'en voudrais toute ma vie. Mais à cette époque déjà je ne voyais que Rayan, il était le centre de tous les intérêts. Durant ce moment douloureux où les larmes jaillissaient en cascade, j'ai eu l'impression d'avoir un ciseau et de couper le fil entre mon père et moi, même entre Dieu et moi. J'étais déjà dans un point de non retour. Je m'en veux tellement d'avoir fait ça. Je me reproche mon geste virtuel comme si effectivement j'avais volontairement mis un terme à la protection de mon père. Le résultat est là, dans toute son horreur dramatique : je suis passée à côté de ma vie. Et tout commence à l'enfance. Tout.

C'est la base de la création de la personnalité. Je n'ai jamais adhéré au stéréotype de la famille idéale. Dans les films à l'eau de rose, quand je vois la famille parfaite et à quel point cela rend les gens heureux, le père, la mère, l'enfant et le chien, moi ça me gave. J'ai envie d'avoir une famille mais pas une famille pourrie comme ça. Mes parents n'ont pas été fidèles l'un envers l'autre : ils se trompaient. Ils sont restés ensemble jusqu'à la mort de mon père, juste pour moi en fait. Montrer aux autres le visage rayonnant de la famille idéale. Mon père trompait ma mère avec la mère d'une de mes amies. Et ma mère sautait sur celui qui est devenu mon beau père aussi souvent qu'elle le désirait. Bien sûr je n'ai appris cela que bien plus tard. Mais je reste persuadée que l'enfant que j'étais a du saisir l'hypocrisie de notre famille. Les enfants sentent ces choses là. Cela ne m'a pas traumatisée pour autant mais je crois que c'est de là finalement que viennent tous mes problèmes. Je n'ai pas eu d'exemple à suivre. Aucun scénario à reproduire. La famille poudre aux yeux ce n'est pas pour moi. Faire semblant de s'aimer pour ne pas me traumatiser n'a donc pas été un bon choix. Cela m'a donné une piètre image de l'amour. Leur couple n'en était pas un. Même si j'ai appris la vérité sur leur union beaucoup plus tard, je reste persuadée que je le savais. Et me faire ressentir que c'était à cause de moi s'ils étaient encore ensemble fut une très lourde responsabilité. S'ils s'étaient séparés purement et simplement, cela aurait été une libération pour tous les membres de la famille. On ne peut pas mentir constamment aux enfants. Peut-être que cela vient de là finalement, la préférence marquée pour ma cousine. J'ai été un frein pour eux. Ma présence empêchait mes parents de vivre leur vie. Si je n'avais pas existé, cela aurait fait longtemps qu'ils se seraient quittés pour être heureux avec un autre partenaire. Ma présence les en a empêchés. Mais, suis-je responsable de leur décision ? Bien sûr que non. C'est eux qui ont choisi de rester unis pour sauver les apparences. J'étais déjà en détresse et je ne savais pas pourquoi, incapable de déterminer la cause de mon embarras et submergée constamment par un tourbillon d'émotions contradictoires. Une anxiété silencieuse a envahi mon petit cerveau parce que dans ma tête cela n'a jamais été le calme plat. J'ai si mal que je me mets à trembler. Cependant, en même temps, je suis heureuse d'avoir trouvé cette formidable opportunité de faire la paix avec moi-même. J'accepte qui je suis. Mon bonheur ne doit plus être dépendant de quelqu'un d'autre. Je ne dois plus ramper mais me relever la tête haute et arborer mon propre amour pour ma personne. Je suis quelqu'un de bien. Je ne suis pas responsable de l'échec de mes parents. Je le comprends maintenant et j'accepte de me montrer sous mon vrai jour. Tous ces mensonges que l'on m'a programmée à croire commencent à se dissiper dans mon esprit. Tous ceux qui m'ont fait croire que je n'étais pas à la hauteur, pas assez combative, pas assez douée et que je ne m'en sortirai pas sont en train peu à peu de se désintégrer au fil des heures qui passent, alors que je suis toujours assise sur le lit et qu'il est sept heures du matin. Je fixe mon regard dans la glace et je commence à recevoir en plein visage les cicatrices de *tout* mon passé. Mes parents ont forgé en moi, sans le vouloir, la capacité à approuver les mensonges et la trahison en amour. J'ai été rabaissée dans chacune de mes relations, j'ai tenté de persévérer, j'ai fait des compromis et même des sacrifices, pourtant rien n'a fonctionné. Je n'ai rien pu faire pour sauver mon couple et ce n'est pas faute d'avoir essayé. D'ailleurs j'étais la seule à essayer.

Doucement et très lentement, j'aperçois le bout du tunnel. Je dois continuer à plonger dans mon inconscient, je dois le secouer pour ne pas qu'il se rendorme et poursuivre mon introspection.

À l'intérieur de moi, je me sens vide. Mais le but d'une relation amoureuse n'est pas de combler ce vide. Il faut être dans le respect de soi pour faire des rencontres, être dans le plaisir et non dans le besoin. Pour oublier Rayan, je me suis précipitée sur les hommes qui me manifestaient un minimum d'intérêt. Mais ce minimum ne suffit pas pour une relation franche et sans accroc.

À trop vouloir trouver le bon, j'ai focalisé sur les mauvais. La seule façon pour mettre un terme à la dépendance est de trouver ce qui me rend dépendante et par conséquent je dois rendre une petite visite à ce vide à l'intérieur de moi. Cela m'est difficile de plonger en profondeur mais je ne peux m'arrêter en si bon chemin. Il faut que je progresse pour extirper mon mal être une bonne fois pour toute.

Rayan.

Il n'est pas responsable de mon sentiment d'abandon. Sa rencontre m'a permis de mettre en lumière les manques et les souffrances déjà présents en moi. Mais plutôt que d'en profiter pour mieux me comprendre, j'ai persévéré dans le déni et l'oubli. Ce matin, alors que mes larmes on tellement coulé que je suis asséchée, celles qui coulent à l'intérieur sont beaucoup plus tenaces, violentes et dévastatrices. Mais paradoxalement elles sont aussi libératrices. Je me laisse aller à ma douleur sans la combattre. Car plus on essaie de fuir les gémissements, plus ils s'intensifient. Il faut donc les affronter. Je vais à l'encontre de ma nature et je provoque délibérément ma détresse pour la regarder en face, l'analyser, la comprendre et la faire disparaître. Je jette le sentiment de culpabilité, le sentiment de ne pas avoir de valeur, d'être mauvaise, ne méritant aucune attention autre que les plaintes sur mon sort. Je pleure un bon coup car c'est une part importante de ma vie et de ma jeunesse que je jette par dessus bord. C'est du passé. Et le passé doit rester là où il est. Dans un lieu qui ne sera plus accessible à mes doutes et à mes peurs. Car replonger toujours en arrière c'est nié que l'on a changé. La grande histoire d'amour que je dis vivre avec Rayan, je l'ai vécue toute seule. Je me suis jetée dans l'arène sans aucune arme pour me défendre. Il est donc normal qu'il ait réussi à me blesser. Un amour à sens unique. Je sais dorénavant que je ne dois pas tomber dans le piège de la frayeur de le croiser de nouveau par hasard. Car régler ma vie en fonction de la sienne c'est laisser l'obsession reprendre le dessus. Je dois juste m'en tenir à ma résolution première : ne plus me prendre en pitié. Je dois me détacher de lui de manière radicale pourtant si je veux m'en sortir. Je crois que j'en suis capable. Il me suffit d'un peu de volonté. Et surtout d'une certaine cohésion dans ma pensée racine : je ne choisis de ne plus être une martyre. Je ne veux plus que l'on me mente, me trompe et m'humilie. Je ne veux plus être manipulée.

J'ai cette sensation diffuse que Rayan a toujours été dans ma vie. Pour me rassurer, je me dis que ce n'est pas grave si je ne l'ai pas maintenant. Je l'aurais dans une autre vie. Dans cette vie ci, nous ne sommes pas faits pour être ensemble. Nous avons ce lien. Je crois que dans toutes nos vies, il y a Rayan et moi. Nous prenons des chemins différents. J'aime à croire qu'il y a une vie où tout va bien pour nous. C'est une conclusion qui me fait du bien.

Rayan doit disparaître pour de bon de ma vie. Je n'ai pas besoin de lui pour être heureuse car maintenant que toutes mes peurs m'ont été révélées, que je les ai regardées bien en face, que j'ai pardonné et me suis pardonnée également, je sais que je suis seule à pouvoir me rendre heureuse. Je m'aime telle que je suis. Personne ne pourra plus jamais me faire replonger dans mon malaise car je sais dorénavant que le bonheur existe seulement si je suis heureuse de qui je suis. Il est temps que Rayan aille se trouver une *autre infirmière*. Je dois apprendre à vivre seule, à n'avoir besoin que de moi.

Je te quitte Rayan. Nous avons passé de bons moments ensemble mais maintenant le temps des galipettes et des plaisirs nocturnes est terminé. Je te souhaite beaucoup de bonheur avec Marie ou avec une autre. Moi je pars. Et je ne reviendrai pas.

20

—Voilà, je suis là ! Tu me fais le coup de la petite déprime pour que je rapplique ?
— Salut Rayan, comment tu vas ?
— Ben... tant que tu es là mon amour je vais bien. Toi ça n'a pas l'air d'aller par contre. Allez raconte moi ce qui t'arrive.
— Je vais très bien je t'assure. C'est même la première fois de ma vie où je me sens très bien.
— C'est cool. Alors c'était de l'humour ton texto ?
— Je voulais juste te dire au revoir. Je t'ai envoyé plein de pensées positives.
— Tu m'inquiètes là. Tu as été recrutée dans une secte ?
— Je te remercie d'avoir été dans ma vie. Nous avons eu de bons moments. Mais maintenant, il est temps de se dire adieu.
— Qu'est ce qui t'arrive ? Tu débloques ? Nous nous aimons tous les deux, t'as toujours pas compris ? On se quitte mais on ne peut pas vivre l'un sans l'autre.
— Je crois que tu n'as pas bien saisi. Je te souhaite beaucoup de bonheur. Mais sans moi. C'est terminé.
—T'as rencontré quelqu'un ? C'est à lui que tu devrais dire stop. Tu sais très bien que ça ne durera pas et que tu me reviendras. Comme d'habitude. Tu es à moi !
— Je n'appartiens à personne. Je suis libre et je ne souhaite plus être avec toi.
— Tu es à moi !
Je savais qi'il allait me supplier puis m'ordonner de ne pas le quitter. Mais comme je ne veux plus remettre mon bonheur

entre ses mains, je réalise encore mieux à quel point son comportement est odieux : je n'appartiens à personne.

— Ne rend pas les choses difficiles.

— Mais c'est pas vrai qu'est ce qu'il t'arrive, tu deviens folle ?

Il ne comprend pas le virage que vient de prendre notre relation. Puisque cela a toujours été comme ça, pourquoi est-ce que cela me dérange *maintenant* ? Je n'ai pas à lui expliquer les raisons de ma nouvelle volonté. J'ai passé des heures à essayer de comprendre mon comportement passé. À son tour de subir sa propre introspection s'il veut comprendre pourquoi il agit de cette façon avec *toutes* les femmes. Mais j'ai mon amour prore maintenant. Par conséquent je ne vois pas pouruoi j'autoriserai cet homme à me molester moralement avec cette certitude bien ancré que je ne peux exister sans lui.

— Tu m'entends Romy ? Tout est de ta faute. Nous n'en serions pas là si tu avais fait des efforts !

Je sais ce à quoi il pense à cet intant précis : il se dit que tout rentrera dans l'ordre lorsque j'aurai fini de faire ma petite crise. Je le rejette, il est blessé. Mais ce n'est plus mon problème désormais. Il doit se pencher un peu sur son cas lui aussi. Son pétage de plomb ne me met même pas de mauvaise humeur. Bien au contraire, je ressens un grand soulagement en réalisant que rien dans ses paroles ou dans son attitude ne peut plus m'atteindre. Je suis déjà brisée par tout ce gâchis. Je ressens la déchirure dans mon cœur tandis que ma gorge se noue. J'ai tellement de peine que je ne peux même plus pleurer. Il est toujours difficile de faire son deuil d'un homme bien vivant. Pour moi Rayan n'existe plus et c'est un réel effondrement. Mais je garde le cap car il me reste une étape encore plus ardue à franchir : ma propre survie. L'image de mon homme s'évanouit lorsqu'il claque la porte d'un coup sec. Dorénavant il ne fera plus partie de ma vie, il deviendra cet inconnu qui prend une autre direction. Ma vie a été interrompue durant sept longues années pendant lesquelles je ne faisais que du sur place. Il est normal que tout me paraisse étrange maintenant que je remarche la tête haute. Je peux mieux observer ce qu'il se passe autour de moi. Mon regard est plus perçant et j'y vois beaucoup plus clair. Cependant, il est salutaire d'ouvrir les yeux après une vie les yeux fermés, n'attendant rien d'autre que des complications qui frappent sur mon dos courbé. Je ne plie plus l'échine dorénavant. Cela n'est pas facile de retrouver sa fierté. Mais le combat intérieur pour arborer l'étendard de ma propre estime en vaut largement le coup. Je suis triste mais je n'ai pas de peine concernant mon nouveau choix de vie. Je ne me sens plus étouffée. Bien au contraire, je me sens encore plus vivante avec cette capacité d'user de mon libre arbitre avec toute ma raison. J'ai rompu pour arriver à coïncider avec qui je veux être. Avec qui je suis en définitive. Cette parenthèse dans ma vie me l'a juste fait oublier.

Il est bon de grandir et de savoir dire **non**.

Je ne suis ni amère, ni aigrie. Je fais le pari qu'il y aura pour moi un avenir meilleur. Quelqu'un qui réussira peut-être à recoller les morceaux éparpillés de mon cœur.

21

Il m'a fallu presque un an pour pouvoir répondre sans risquer une crise de larmes à la question : « Comment ça va ? ». C'est dire mon degré de lassitude durant les 365 jours précédents la question.

Mes sentiments ne se sont pas dissipés d'un claquement de doigt. Je ne possède toujours pas la baguette magique. Le plus important pour un tel résultat a été ma conviction et ma motivation. Je me suis donnée du temps pour guérir, tout en restant bien ancrée dans ma décision. Naturellement cela n'a pas été rose tous les jours. Il y a eu des hauts et des bas. Des moments de déprime où je me fouettais mentalement contre ma stupide dépendance. Mais également des jours d'enthousiasme et de bien être quand je réalisais qu'il était bon de ne plus être malmenée. Le plus important dans l'histoire c'est que pratiquer l'oubli de cet amour nuisible jour après jour m'a rendue plus forte. Je suis définitivement guérie aujourd'hui de Rayan, de toutes ses combines, et par ricochet, de tous les hommes manipulateurs et menteurs. Il m'arrive, rarement, de croiser Rayan et je ne ressens plus le chamboulement dans mes hormones tandis que les battements de mon cœur restent sur le même tempo. Il est bon finalement d'avoir laissé le temps faire son œuvre. Je sais que je suis quelqu'un de bien et que par conséquent je mérite un homme bien. Je ne veux plus d'un homme qui disparait de la surface de la Terre quand bon lui semble pour revenir la bouche en fleur me dire des mots d'amour. Les fantômes, les personnalités multiples qui me veulent que quand ça les arrange, très peu pour moi. Je ne veux pas d'un homme orgueilleux, narcissique, caractériel et ombrageux. Encore moins d'un pleurnichard craintif qui a peur de s'engager. Je veux un homme fidèle.

À tous les pervers maniaco-dépressifs, les débiles pathologiques si atteints dans leurs fantasmes amoureux qu'ils risquent à tout moment de franchir la fine barrière qui sépare la raison de la folie en jouant avec les autres tout en essayant de se convaincre qu'ils sont de bonne foi, à tous les serial manipulateurs, les menteurs méprisables, tous les perturbés de naissance et ceux qui le sont devenus à cause de la déviance de leur vie, à tous les schizophrènes en puissance qui parlent aux femmes tout en demandant à leur double personnalité de ne pas trop se dévoiler pour l'instant, à tous les paranoïaques qui se croient harcelés quand on leur demande de nous raconter leur journée, à tous les déguisés espions qui jouent avec nos nerfs quand leur manque de confiance en nous est juste un manque de confiance en eux, les jongleurs minables de filles, les charlatans de la déprime qui croient que se plaindre les enrichit, à tous les ravagés du cerveau, les lombrics insignifiants de vulgarité, les érudits de la grossièreté qui savent toujours tout mieux que tout le monde, les donneurs de leçons, à tous les énergumènes en mal d'aventures d'un soir, à tous les jaloux, les frustrés et les irascibles, à tous les bipèdes assoiffés de luxure, les textoteurs phonétiques se croyant dans le coup pour cacher leurs profondes lacunes intellectuelles, les *kikous*, les *sa va*, les *kes tu di ?*, à tous les maniaques qui paniquent à chaque trace infime de poussière, les susceptibles, les amoindris du cervelet, à tous les phénomènes de foire usant de violence verbale, aux nains bouffis de leur importance, les réfractaires à l'humour, les stupides au stade terminal s'étouffant sous leur bave.... n'essayez même pas de me dire bonjour, puissants répulsifs que vous êtes, tous ! Les incarnations de folie furieuse et de tristesse je les mets immédiatement sous ignore.

Les autres... vous pouvez toujours essayer.

Surtout toi d'ailleurs ... Toi que j'attends

22

Je sais que tu existes et que tu sauras m'aimer de la manière dont je le mérite. Tu n'attends que moi en fait et je suis là. Toutes mes ruptures et mes désillusions en amour m'ont rapprochée peu à peu de toi. Tu es à un pas de moi. Sache que j'ai les yeux ouverts. Tout ce que j'ai vécu m'a mené droit sur toi. Car auparavant, trop centrée sur mon mal-être, je ne t'aurais même pas regardé.

Tu dois te montrer fort, patient et attentionné. On a voulu me détruire mais je me suis révoltée. Me séduire ne te parait pas insurmontable, même si tu vois en moi une femme au cœur brisé. Tu es à la hauteur de cette tâche même si à première vue elle te parait gigantesque. Pour l'instant, je te parais froide et distante. Mais c'est parce que tu devines en moi les tourbillons d'émotions qui ont voulu éteindre mon cœur. J'ai laissé les hommes me mener en bateau, les laissant s'amuser avec moi en attendant pour eux-mêmes une autre femme parfaite, celle que je n'ai jamais été pour eux. Ni dans leur regard, ni dans leurs gestes. Je me suis repris en main. Tu ne prends pas mal le fait que je t'observe pour rechercher tous les signaux d'alarme qui me pousseraient à te fuir. Mais tu sais me faire baisser la garde avec ton honnêteté et ton affection. Je suis digne de toi, un homme sain, bon et généreux. Je suis encore capable d'aimer. Tu as été capable d'abattre ma muraille et de pénétrer au plus profond de mon cœur. Alors, tu découvres l'étendue de ma bonté. Je suis devenue forte et indépendante. Je vole de mes propres ailes maintenant et je t'offre mon amour *inconditionnel car tu n'es pas avec moi par besoin mais juste par envie. Je sais alors que tu es là pour rester. Aimer quelqu'un c'est vouloir son bonheur. Tu n'as pas peur de la solitude c'est pourquoi tu ne me recherches pas pour combler un vide. Mais parce que tu es tombé amoureux de moi.*

J'ai hâte de te rencontrer.

Dans chaque épreuve, ne cherchez pas l'ennemi, mais l'enseignement.

Mikao Usui